COLONEL ROYET

A DEUX DOIGTS
DE LA
FIN DU MONDE

Roman d'Aventures inédit

ILLUSTRATIONS EN COULEURS PAR ARMENGOL

PARIS
J. FERENCZI et FILS, Éditeurs
9, Rue Antoine-Chantin, 9

1928

N° 52

Envoi franco contre **1 fr. 75**, par volume adressés aux **Editions J. FERENCZI ET FILS**
9, Rue Antoine-Chantin, Paris (14ᵉ)
Il n'est pas fait d'envoi contre remboursement.

A DEUX DOIGTS DE LA FIN DU MONDE

Roman d'aventures inédit

par

LE COLONEL ROYET

INTRODUCTION

De longues heures, j'ai médité devant ces feuillets, hésitant, le cœur lourd, la tête en vertige comme au bord d'un abîme...

Devais-je rendre publics ces souvenirs d'une des périodes la plus angoissante, la plus tragique que l'humanité ait jamais franchie sans le savoir ?

M'était-il permis d'évoquer la formidable menace que nous cèle peut-être l'avenir ?

Ah ! quelle perplexité fut la mienne avant de prendre l'ultime décision !

Pourtant, je me suis décidé. Le terrible secret m'étouffe. Depuis plus de vingt ans, je le gardais, l'ayant juré à M. Luisant, le vénéré Président de la République... Aujourd'hui, mon serment ne tient plus, car l'illustre homme d'Etat m'appela à son lit de mort pour m'en délier, moi, le dernier survivant de ceux qui savaient. Bien mieux, ce grand, ce bon citoyen m'engagea à publier mes notes et mes souvenirs.

« Maintenant que la panique n'est plus « à craindre, prononça-t-il d'une voix déjà « éteinte, il faut que les hommes apprennent de combien près ils approchèrent « du Néant.

« Peut-être la vision effarante de l'accident qui faillit supprimer la vie sur notre globe les rendra-t-elle meilleurs ! »

En livrant ces lignes à l'imprimerie, c'est donc une dernière volonté que j'exécute.

C'est aussi une confession, par laquelle j'entrevois l'apaisement de douloureux remords.

Bien que toute morale, une responsabilité pèse cruellement sur ma vie. Trop sensible et trop pusillanime, j'ai manqué de décision. J'ai laissé grandir devant moi, sans le dénoncer, un effroyable péril. Ma volonté se redressa tout juste à temps pour empêcher la définitive catastrophe, trop tard pour détruire l'effet d'affreux malheurs déjà consommés.

Peut-être voudra-t-on m'absoudre en imaginant la montée des affres et des épouvantes que je dus gravir.

Mais au-dessus de mon impérissable douleur, écrasant ma personnalité falote, s'imposera LE FAIT, *colossal en lui-même, déconcertant en ses causes.*

LE FAIT !

Le Monde faillit périr.

Les causes !

Un phénomène cosmique imprévu ? un cataclysme d'ordre physique ! un déchaînement des forces naturelles ?

Non.

La vie terrestre fut menacée par un seul homme, tout à la fois génial et fou.

Et la raison de ce monstrueux égarement ?

UN DESESPOIR D'AMOUR !

CHAPITRE PREMIER

ROGER LIVRY

Cinq août 192...

Cette date martèle mon cerveau, obsession indéracinable qui marque le point de départ de la fantastique aventure où je fus engagé.

Ce matin-là, j'étais tout heureux. D'accord avec mon proviseur, j'avais réglé le programme de mes cours de philosophie pour la prochaine année scolaire ; le cœur léger, je venais de saluer le frontispice en lettres d'or de Louis le Grand. Pour deux mois, je partais en vacances, je disais adieu à mon Lycée, à ce Paris bruyant et trépidant. J'allais enfin me réfugier dans une « chartreuse » depuis longtemps choisie : un hémicycle de hautes montagnes de la Savoie, avec, dans une échancrure, la ligne bleue d'un lac alpestre.

Et, mes colis bouclés, mon billet en poche, je m'en vais jusqu'à Fontenay-sous-Bois, prendre congé de Roger Livry... Peut-être aussi tenter un dernier effort pour l'entraîner avec moi. Mais voudra-t-il rompre avec son besoin d'isolement ? Consentira-t-il à abandonner son laboratoire, à interrompre ses recherches de génial alchimiste ?

Je sonne à la grille de la villa. Le petit Tourte, le « préparateur » de Livry vient m'ouvrir.

— Roger est-il là ?

— Oui M'sieur, au laboratoire ; mais tantôt nous partons en voyage.

— En voyage !...

Comment Roger ne m'a-t-il pas avisé de ce projet ? Un peu inquiet, je presse le pas, me dirigeant droit vers les hautes verrières du laboratoire qui brillent à travers la ceinture des arbres sous les rayons infiltrés du soleil.

Je frappe un coup discret et j'entre, comme à mon habitude, sans y être invité. Dès qu'il m'aperçoit sur le seuil, Roger me lance un regard soupçonneux. Il interrompt un instant son travail qui consiste à ranger des fioles de verre bleu dans les alvéoles matelassées d'une caisse noire, aux coins de cuivre ; une caisse assez semblable à celles dont usent les commis voyageurs.

D'autres colis sont disposés autour de lui, prêts à être chargés.

— Cachottier ! tu ne m'avais pas dit que tu partais !

Sous cette apostrophe de bon camarade, que je cherche à clâmer sur un ton jovial, je dissimule mal ma perplexité.

Un instant, Roger hésite à me répondre, et brusquement :

— Eh bien ! oui, je vais au Camp de Châlons !

— Au Camp de Châlons ? Tu veux donc revoir Suippes, les tranchées de craie, les boues affreuses où nous avons peiné et combattu ?

Roger ne me répond pas : il vérifie le bouchage d'une des fioles bleues. Et brusquement, un soupçon m'étreint. Le Camp de Châlons !

Mais c'est là où tient garnison le capitaine Berjac, le mari de Mlle Thiérard-Leroy !

Roger prétend-il s'infliger le supplice inutile d'un voisinage avec celle qui, dans sa pensée, *devrait être sa femme ?*

Peut-être, car, les yeux vagues, il semble oublier ma présence à ses côtés : un pli d'amertume crispe sa lèvre ; il s'enfonce encore dans le rêve douloureux qui le hante.

A mon tour, une fois de plus, je l'évoque avec colère, ce rêve d'amour, absurde, irréalisable, qui est venu empoisonner la vie si calme, si ordonnée de Roger Livry.

Comment imaginer que cet homme de science concentré dans l'étude, rendu plus sauvage encore, presque misanthrope par les années de guerre, ait pu céder au coup de foudre !

Et cependant cela s'était produit sept mois auparavant.

Un jour de janvier, un malencontreux hasard poussa Livry chez M. Thiérard-Leroy, le directeur de l'Observatoire.

Irônie ! sa visite n'avait qu'un seul objet, solliciter un renseignement statistique de météorologie. Une courte apparition de la fille de l'astronome dans le cabinet de son père, et il n'en avait pas fallu davantage pour apporter un trouble profond et durable dans l'âme de mon malheureux ami.

Je revois Roger arrivant chez moi comme un fou au lendemain de cette rencontre, me suppliant de me rendre incontinent chez M. Thiérard-Leroy. Tout de go, au nom de mon camarade, je devais lui demander sa fille en mariage !

Et, sans objection, je m'étais soumis à cette démarche inconséquente et précipitée, parce que je n'avais rien à refuser à Roger.

Nous étions unis par les liens d'une amitié fraternelle datant de nos premières années de collège : entrés ensemble à l'Ecole Normale, nous vivions depuis côte à côte. A force de délicatesse, de simplicité et de modestie, Roger avait su niveler nos situations si différentes, rendre possibles des relations d'étroite intimité entre le multimillionnaire qu'il était et un jeune professeur débutant et mal renté comme moi.

Aussi bien, en dépit de sa singularité, mon ambassade auprès de M. Thiérard-Leroy m'inspirait bon espoir. Malgré ses dehors frustres d'homme d'étude, dégingandé, inélégant, presqu'hirsute, Roger était en somme très présentable.

Une séance chez le coiffeur et une leçon pour apprendre à nouer sa cravate, il pouvait ensuite, tout comme un autre, faire sa cour et plaire à une jeune fille. Puis, sous des rapports plus sérieux que le physique et le costume, il offrait ce qu'on est convenu d'appeler un très brillant parti.

Orphelin, Livry tenait de son oncle, gros maître de forge, une fortune colossale estimée au bas mot à 120 millions ; et, ce qui valait certainement mieux, aux yeux d'un homme de science, tel que M. Thiérard-Leroy, mon ami avait toujours fait de ses revenus énormes le plus noble usage. Ennemi juré du luxe, et du snobisme, méprisant la vie d'oisiveté et de plaisir, qui lui semblait ouverte, Roger s'était passionné pour l'étude de la chimie dès son adolescence. Exceptionnellement doué pour les mathématiques, il était entré premier à Normale-Sciences, puis avait démissionné à la sortie de l'école, désirant se consacrer plus librement à ses recherches scientifiques et à ses expériences inlassablement poursuivies.

Enfin, durant les hostilités, sa conduite avait été admirable. Il s'était révélé l'organisateur de la guerre des gaz, poursuivant sur le front, sous l'éclatement des obus, la recherche des toxiques employés par nos impitoyables ennemis, inventant à mesure les répliques à leurs odieux maléfices.

Cinq palmes à sa croix de guerre et le ruban rouge témoignaient de son héroïsme.

Donc, je commençais à escompter la réussite du projet, peut-être un peu fantasque et irréfléchi de mon camarade, lorsque, dès le premier mot, M. Thiérard-Leroy me plaça devant une impossibilité brutale : sa fille était fiancée à un ami d'enfance, M. Berjac, officier d'artillerie, le mariage fixé à la fin d'avril.

Que dirai-je de la douleur de Roger, lorsqu'il connut la brusque terminaison de sa première idylle ! •

Elle fut si violente, si démesurée, qu'avec angoisse, j'envisageai une dépression morbide dans ce puissant cerveau surmené par l'étude et les années terribles vécues depuis 1914.

Hélas ! dès ce jour fatal, l'attitude singulière de mon ami vint renforcer mes craintes. Ce fut une suite de crises furieuses, durant lesquelles Roger proférait d'extraordinaires menaces, coupées par des phases d'atonie encore plus inquiétantes.

Puis, une sorte de rage au travail, faite pour me rassurer un peu. Le laboratoire où se tendait son perpétuel effort, n'offrait-il pas le meilleur dérivatif à ses peines ?

Aussi, à cette heure, mon inquiétude était-elle bien légitime en le voyant quitter brusquement son refuge d'élection, pour courir à un but indéterminé.

Au camp de Châlons ! Quels pouvaient donc être ses projets de derrière la tête ?

Je voulus en avoir le cœur net.

— Tu as choisi une singulière villégiature, dis-je, profitant d'un instant où il avait interrompu sa méditation pour reprendre l'agencement de ses étranges bagages.

Roger redressa la tête.

— Une villégiature ? Tu veux rire. Là-bas, je vais pouvoir procéder mieux qu'ici à de décisives expériences.

— Bon ! la guerre est finie. Et tu en as assez fait dans cette région maudite.

Roger crispe ses poings.

— Non, la guerre n'est pas finie ! Les hommes n'ont pas cessé d'être la honte de la vie terrestre.

— Tu es sévère, pour tes semblables.

Le chimiste ricana.

— Vois Jobert ! Encore un serpent que j'ai réchauffé dans mon sein...

Evidemment, l'exemple de ce Jobert semblait bien choisi pour appuyer la rancœur que Roger gardait contre l'espèce humaine.

Et mon ami continua d'évoquer la physionomie inquiétante de son ex-préparateur.

— Je l'avais associé à mes travaux ; je lui avais confié une partie de mes secrets — pas tous, heureusement... Le coquin m'en a remercié en me quittant après m'avoir volé deux centigrammes de radium, — ce qui n'est rien, — et trois cents grammes d'acide Oméga, ce qui est plus grave... Tiens ! une fiole comme celle-ci, ajouta Roger, brandissant un des flacons de verre bleu qu'il s'occupait de ranger en bon ordre dans la caisse.

Une exaltation illumina son regard.

— Avec ceci, je suis en état de bouleverser le monde !

Pauvre Roger !

Je jugeai bien inutile de relever son affirmation mirifique.

— Heureusement que tu m'es fidèle, toi, mon enfant ! dit le chimiste d'un ton apaisé, en donnant une tape amicale au petit Tourte, qui venait d'entrer, les bras chargés de colis.

— Et moi? fis-je avec un accent de doux reproche. Tu ne me comptes donc pour rien ?

A cet appel, Roger se détendit.

— Paul, mon frère, aie pitié de mes pauvres nerfs tiraillés par la souffrance. Ne m'abandonne pas. Tu peux, tu dois m'aider dans ma tâche grandiose... Tiens, accompagne-moi !

Il s'empare de mes mains, les presse fébrilement.

Une hésitation passagère, un mouvement d'égoïsme vite jugulé, et je renonce aux cîmes neigeuses des grandes Alpes pour suivre Roger vers les mornes plaines de la Champagne pouilleuse.

Je n'ai pas le droit de le laisser se débattre seul dans la crise morbide qu'il traverse.

Je verrai bien ce qu'il prétend faire au Camp de Châlons ; au besoin, je me mettrai au travers de ses excentricités possibles !

Et puis ,peut-être ignore-t-il la présence du ménage Berjac dans ces parages.

— Rentre vite à Paris, conclut Roger ; dans deux heures je passe te prendre avec tes valises.

Sans résistance, je consentis.

Le petit Tourte me reconduit jusqu'à la grille. Ouvrant le battant de la porte, l'enfant s'effaça, puis, me tirant la manche, pointa son doigt dans la direction du bois de Vincennes :

— Jobert ! Encore !

Je vis disparaître un visage émacié, bilieux : c'était bien en effet, l'ex-préparateur de Livry.

— Chaque fois qu'on sort, il est là à « zieuter ».

Tout en marchant vers la gare, je cherchais à deviner la raison de cette surveillance exercée sur la villa par ce maniaque, aussi détraqué dans son genre que pouvait l'être Livry.

L'idée me vient d'avertir la police... Mais à quoi bon, puisque dans quelques heures, Roger aura quitté Fontenay. Au retour, si Jobert se manifeste de nouveau, nous aviserons.

... Hélas ! pourquoi, pourquoi n'ai-je pas cédé à ce premier mouvement en provoquant ce jour même l'arrestation du voleur de radium !

Que de catastrophes eussent été évitées par la suite !

CHAPITRE II

ETIENNE TOURTE, PATRONNET

Dans la buée d'or du soleil couchant, surgissent à l'horizon, les premiers baraquements militaires élevés sur la lisière du Camp de Châlons.

Nous pénétrons maintenant dans la longue rue de ce singulier village qu'est Mourmelon-le-Grand : pauvres demeures que les fureurs de la guerre ont ramené à leurs origines de « cagnas » calfeutrées à l'aide de caisses à biscuits, coiffées de toitures en fer-blanc, débris de boîtes à conserves.

Sur la place de l'Eglise, l'auto stoppe devant un hôtel à peu près remis debout.

Le choix de nos chambres est vite réglé, car les questions de confort n'ont jamais pesé d'un grand poids dans les préoccupations de Roger.

Il s'intéresse davantage au transport des deux caisses arrimées sur le toit de la limousine. Ce sont mille recommandations pour éviter les heurts. Il ne les quitte pas de l'œil jusqu'à ce qu'elles soient installées dans sa chambre.

Elles m'inquiètent, moi, ces caisses aux coins de cuivre, qui suggèrent aux badauds assemblés devant l'automobile les réflexions les plus fantaisistes :

— Un photographe ! supposent les uns.

— Non, ce sont des « voleurs à voiles », chuchotent d'autres avec des airs entendus.

Car, après un temps d'arrêt, le vol à la voile est revenu à l'ordre du jour, et le Camp de Châlons est devenu terrain d'élection pour les pionniers de l'aviation nouvelle. On voit volontiers un chercheur d'ailes dans tout arrivant.

— C'est cela même, grommela Roger qui venait de surprendre les propos au passage. Nous serons des pilotes de « sans moteur »... Excellent prétexte pour ne pas prêter le flanc aux racontars des curieux.

D'ailleurs, le plus tôt possible, je veux être chez moi... Cherchons une maison à vendre !

J'eus un haut-le-corps. Voilà maintenant que Roger pensait à devenir propriétaire dans ce pays désolé.

Il fallut bien m'en convaincre, le lendemain matin, lorsque mon ami m'entraîna chez le notaire du village. Roger demandait une maison d'aménagement quelconque, pourvu qu'elle fût isolée et comprît un vaste enclos.

On lui parla d'une ancienne brasserie située en dehors de la localité, sur la route de Suippes. Seulement, les bâtiments avaient été quelque peu endommagés par les bombardements.

Roger voulut visiter sur l'heure.

Toujours, je me rappellerai l'impression pénible qui me saisit, lorsque le clerc nous servant de guide, ouvrit la porte d'un enclos entouré de hauts murs ébréchés. Au milieu se dressait une grande masure à demi en ruine. Le toit dégarni d'une partie des ses tuiles, les volets vermoulus, disloqués, une lanterne soutenue à grand peine par ses ferrures rouillées, tel était le spectacle peu engageant qu'on découvrait dès le seuil de la *propriété*.

L'intérieur de « l'immeuble » ne le cédant en rien comme délabrement et malpropreté à l'aspect extérieur.

Notre entrée eut pour effet de mettre en fuite, une bande de rats, les seuls maîtres de ce triste logis. Dans les chambres, les carreaux cassés, les plafonds effondrés par place, les parquets crevassés.

— On ferait quelques petites réparations, au titre des dommages de guerre, dit le clerc par acquit de conscience.

— La maison me plaît telle qu'elle est. Je l'achète ! prononça Roger.

Le surlendemain, c'était chose faite. Les couvreurs avaient replacé quelques tuiles, les vitriers reposé quelques carreaux.

Le plus gros de la poussière s'était envolé sous de vigoureux coups de balais.

Un commerçant avait fourni des *meubles*. Non sans audace, il dénommait ainsi un primitif matériel de campement recueilli à coup sûr dans les tranchées avoisinantes. De son côté, le jeune Tourte s'occupa d'acheter au bazar un fourneau et des ustensiles de ménage. Avec la meilleure grâce du monde, l'aide de laboratoire s'était offert à reprendre son premier métier d'aide de cuisine.

Car c'était à la suite d'un quiproquo singulier que le gamin se trouvait au service de Livry en qualité d'apprenti chimiste.

Quelques jours après le brusque départ de Jobert, mon ami avait pris le parti de chercher un autre préparateur. Un dimanche, sans plus réfléchir qu'il trouverait tous les magasins fermés, il m'entraîna rue des Ecoles, chez son marchand de produits chimiques, lequel était à même de lui procurer les indications nécessaires.

— D'ailleurs, me répétait Roger avec un ton de mystère et de méfiance, je désire deux mains, des mains auxquelles je ne demande ni science, ni intelligence, qui toucheront mes cornues sans chercher à savoir ce qu'elles contiennent.

Bien entendu, nous nous heurtâmes à des volets clos.

Dépité, le chimiste frappa l'asphalte du pied. Puis, il se mit en marche. Machinalement, il suivait le trottoir d'une rue descendant vers le boulevard Saint-Germain.

Tout à coup, il s'arrêta net, la canne pointée vers le fronton d'une boutique où s'étalait cette enseigne :

« Laboratoire »

A haute voix, il prononça ce mot, que je lus à mon tour. A l'encontre des autres devantures, celle-ci laissait apparaître ses carreaux de verre dépoli.

Sur la porte, un bec-de-cane semblait inviter à entrer.

— Voyons toujours, fit Roger, qui ne renonçait pas volontiers à ses idées fixes.

Il franchit la chaussée et ouvrit la porte de la boutique.

Tous deux, nous eûmes une seconde de stupéfaction, puis nos regards se rencontrèrent pour échanger un sourire.

Devant nous, apparaissait la salle de manipulation d'un pâtissier ou d'un confiseur.

Des casseroles brillantes accrochées aux murs. Sur les étagères, des moules de toutes les formes, des bocaux de dragées. Et pour flatter nos narines, cette odeur « sui généris », mélange de chocolat, de vanille et de caramel.

Dans la pièce, accoudé sur une table, un jeune garçon lisait. C'était presqu'un enfant, revêtu du costume classique des patronnets, toque et veste blanche.

Ah ! le hasard des destinées. *Qui eût soupçonné alors que ma vie, celle de mes semblables, le sort du monde, allaient dépendre d'un geste héroïque de cet apprenti-pâtissier !...*

A notre vue, l'enfant s'était levé, puis s'avançant sur le seuil, il ôta poliment sa toque :

— Vous désirez, M'sieu ?

— Rien mon ami. Nous nous sommes trompés, fit Roger en souriant. Excuse-nous !

— Y a pas d'offense !

— Aussi, pourquoi messieurs les confiseurs se mêlent-ils de baptiser « laboratoire », leur arrière-cuisine !

A cette expression quelque peu méprisante d' « arrière-cuisine », le gamin releva la tête, et non sans fierté :

— Dame, m'sieu ! Ici, on fait de la chimie ! On distille le sucre. On manie les parfums et les essences.

La phrase valait surtout par l'attitude de notre interlocuteur, celle d'un jeune coq qui se rebiffe, et aussi par cet accent grasseyant et nuancé du faubourien de Paris.

Elle nous amusa énormément.

— Vous riez, messieurs, continua le patronnet tout contrit. Vous vous offrez ma tête ! Ah ! sûr, c'est pas de la chimie comme celle que je voudrais apprendre, la chimie pour de vrai avec les bases, les acides, les métalloïdes, les corps organiques, qu'on appelle... la chimie telle que l'explique ce livre !

D'un geste dépité, il indiqua le volume demeuré ouvert sur la table de cuisine.

Puis, cédant à cette philosophie insouciante et gaie qui semble faire corps avec le gagne-petit parisien ·

— Après tout ça, j'suis pas « *bileux* ». J'sais bien que c'est pas pour moi, les belles choses qu'on apprend dans les lycées d'à côté, et tous les trucs, que je « *z'ieute* » par la fenêtre du cabinet de physique de la Sorbonne, en passant mon panier de mitron dessus la tête ! On n'est pas des princes !

Livry paraissait prodigieusement intéressé.

— Alors cela t'irait d'apprendre la chimie ? la vraie chimie ? demanda-t-il d'un ton très doux.

— Oh ! M'sieu !

Le patronnet joignait les mains, comme en adoration devant un rêve lointain et fugitif.

— Veux-tu venir avec moi ? reprit Roger. Tu m'aideras dans mon laboratoire.

— Un laboratoire comme celui de la Sorbonne, avec des cornues, et des tubes, et des machines électriques, et des microscopes ?

— Oui, sourit Roger, un laboratoire encore un peu mieux monté que celui de la Sorbonne.

Le gamin regarda mon ami droit dans les yeux.

— Non ! vous vous moquez d'un pauvre gosse !

— Je parle très sérieusement.

Je jugeais opportun d'intervenir :

— Mais, dis-moi, petit, il faudrait consulter ta famille !

L'ombre d'une tristesse voila le regard de l'enfant.

— Ma famille ! Ah ! Monsieur, à moins d'appeler le macadam « papa » et la grille du marché de la place Maub « maman », j'pourrais pas vous la nommer, ma famille !

— Tu es un enfant trouvé ? dis-je avec un accent attendri.

— Oui, puisque c'est l'usage d'appeler comme ça les enfants *perdus !*

Décidément, il m'intéressait ce gamin, avec sa mine intelligente et ses réparties de gavroche.

— A propos, comment te nomme-t-on ?

— Etienne Tourte, M'sieur... Etienne, rapport à l'estatue de l'homme qu'est sur la place où l'on m'a ramassé. Vous savez bien, Etienne Dollet, un qu'on a fait mourir, dans les temps, pour lui apprendre à vivre... Tourte, vu que c'est le nom, ou le surnom, de la brave femme qui m'a recueilli, la mère Tourte bien connue dans le quartier. Elle vendait des frites devant le marché Maubert.

— Eh bien ! cette bonne dame te sert de mère adoptive ?

— Elle me servait, M'sieur. Elle me sert plus. Elle est morte l'an dernier... Elle est morte de chagrin rapport que Gustave « son Grand », est tombé à la guerre... Un costaud Gustave, il était couvreur... Y m'avait appris à courir sur les toits. C'était le bon temps. On respirait à l'air, pas comme ici dans les fourneaux. Les boches l'ont tué : ça a changé ma vie, et pour me consoler, je m'suis mis dans la science.

Du revers de sa manche, il essuya une larme qui descendait le long de sa joue. Pauvre petit !

— Et ton patron ?

— Mon patron ? C'en est un qui ne me retiendra pas. Je travaille chez lui à la semaine.

Deux jours plus tard, Etienne Tourte arrivait à la ville de Fontenay. Avec une joie indicible, il troquait sa toque et sa veste blanche de patronnet contre la blouse grise d'aide de laboratoire.

Aujourd'hui, sans fausse honte, il se déclarait prêt à reprendre sa place devant les casseroles.

Roger se montra enchanté de cette solution.

— Ainsi nous ne perdrons pas notre temps à prendre nos repas au dehors et nous n'aurons pas besoin d'introduire des étrangers ici... Nous pourrons travailler tranquilles !

Puis, encourageant Tourte d'une tape amicale :

— Entendu, mon garçon, fais-nous des sauces aux truffes et des rognons au champagne, si cela t'amuse...

— Et des entremets donc !

— Marche pour les entremets !... D'ici quelques jours, tu pourras même nous servir des bombes glacées... Je t'en donne l'assurance !

Ces derniers mots vibrèrent comme une menace. Et cette allusion aux « bombes » me plongea dans une angoisse faite d'épouvante et de stupeur. A quel *travail* le chimiste prétendait-il donc se livrer dans cette demeure sinistre ?

Le soir même, Roger me permit d'entrevoir la voie stupéfiante où le poussait son cerveau en délire.

CHAPITRE III

PROPOS DE CAUCHEMAR

Une soirée lourde et chaude, avec des roulements de tonnerre dans le lointain.

Après le dîner, fort bien cuisiné ma foi, par le petit Tourte, Roger congédia l'enfant. Lorsque nous fûmes seuls, d'un geste brusque, il jeta une cigarette à demi-consumée, puis il marcha vers moi.

Un mouvement volontaire de sa tête parut écarter une hésitation dernière.

— Paul, fit-il d'une voix très calme, tu es un courageux, de plus tu es un philosophe ; donc, tu ne dois pas craindre la mort ?

A cette interpellation inattendue, j'eus un sursaut d'inquiétude. Mais puisque mon ami m'offrait lui-même l'occasion d'une leçon de haute morale, je retrouvai vite mon aplomb pour lui lancer cette réplique :

— Certes, je ne crains pas la mort ; comme tant d'autres, je l'ai risqué pendant quatre ans, au front ; mais, par contre, je ne crains pas la vie !

Et précisant ma pensée :

— La vie est un devoir qui concrétise toutes les obligations de l'homme ; et ce devoir exige parfois le plus de résolution et de sacrifice. A ce titre, toute vie doit nous être sacrée ; la nôtre aussi bien que celle d'autrui...

Une ironie fugitive traversa la physionomie de mon interlocuteur, mais s'appliquant à m'approuver :

— Je pense tout à fait comme toi !

Le suicide, comme le meurtre individuel sont des actes lâches et stupides.

Et s'animant étrangement :

— Il y a mieux à faire : supprimer radicalement la cause des misères humaines en supprimant le monde, en étouffant d'un seul coup les existences qui troublent et empoisonnent la surface de la terre.

— Diable ! mon bon, tu verses dans le nihilisme intégral ! Heureusement, tu n'es pas encore en état de charger la bombe qui disloquerait cette pauvre boule terraquée.

— Qu'en sais-tu ? As-tu quelquefois songé à la fin du monde ?

Roger me fixait droit dans les yeux. Ce regard luisant ralluma toutes mes inquiétudes.

Et, pour éviter une excitation plus grave, force me fut donc de le suivre dans ses élucubrations.

— La fin du monde ? repris-je. Certainement, j'ai lu toutes les prévisions scientifiques, toutes les présomptions fantaisistes, toutes les légendes, qui se rapportent à la question. Périodiquement, d'ailleurs, des astronomes en chambre et des astrologues à cent sous le cachet, prennent la

peine de nous annoncer la terminaison brusque de notre voyage céleste... Aujourd'hui même, si l'on cherchait bien, l'on trouverait quelque part dans le ciel, la comète qui doit nous pulvériser : depuis l'an 1.000, de sinistre mémoire, les prophéties de ce genre n'ont jamais chômé, et comme la terre ne s'en porte pas plus mal...

— Je t'en prie, laissons là les amusettes. Demeurons sur le terrain de la science pure.

La terre ne mourra pas du choc d'une comète, la mécanique céleste est trop bien réglée pour cela ; la terre périra par le froid.

— Oui, risquai-je, pour tempérer la violence des paroles de Roger. J'estime comme toi que lorsque s'éteindra le soleil...

— Le soleil !

Mon ami hausse les épaules pour accentuer encore le mépris qu'il accorde à mon hypothèse.

— Le soleil ! Mais mon pauvre Paul, s'il est vrai qu'aux premiers âges de la terre, le soleil emmagasina à l'intérieur de notre globe des quantités énormes de calorique, à l'heure actuelle, il contribue dans des proportions infimes à l'entretien de la température normale. Tiens, c'est comme si avec une bougie allumée, tu prétendais chauffer en hiver la place de la Concorde... Oh! ne souris pas. Il n'y a pas de quoi rire ! Souffre seulement que je te fasse saisir la vraie, la seule raison qui garantit l'écorce terrestre contre le froid mortel de l'espace.

— Je t'écoute comme un élève docile et heureux de s'instruire.

— Eh ! bien, ce sont les 320 kilomètres d'atmosphère qui constituent autour de nous un matelas gazeux imperméable au froid du dehors. Et connais-tu l'agent indispensable de cette imperméabilité ?

— Dis-le moi.

— La vapeur d'eau !

Et bougonnant :

— Comment ! Tu ignorais donc que la vapeur d'eau régit toute la vie terrestre ! Supprime la vapeur d'eau, et tu supprimes la vie ; car tu permets au froid de l'espace de pénétrer jusqu'à la surface solide. Or, le froid de l'espace atteint 270 degrés au-dessous de zéro !

— Brrr !.. tu me donnes... froid dans

le dos !

Sans tenir compte de l'interruption, Roger continua :

— Mais pour éteindre pratiquement la vie sur le globe, il n'est même pas besoin d'envisager cette température extrême :

Un grand savant, Charles Martins, a démontré qu'un abaissement de six degrés seulement dans la température moyenne de la France amènerait les glaciers des Alpes jusqu'à Paris ! (1)

J'ai calculé, moi, qu'un fléchissement de 43 degrés dans la température normale du globe, entraînerait la solidification des océans, transformerait les terres en d'immenses déserts de glace.

— Heureusement, ce sont des calculs tout théoriques...

— Non pas, cela s'est vu, cela est un fait de notre histoire géologique !

Il y a des millions d'années, alors que le sol surchauffé s'était couvert de floraisons gigantesques, alors que les animaux fantastiques, dont nous découvrons les ossements, pullulaient sur la terre et sous les eaux, alors qu'une vie intense s'affirmait partout, brusquement les glaces surgirent, étouffèrent tous les êtres, animaux et plantes, et sans doute aussi les hommes de ce temps ! Car rien ne prouve que parmi cette exaspération des forces vitales, il n'ait pas existé en ces âges lointains, des hommes, des civilisations et des empires !

Il en résulta une anesthésie des germes, une destruction des espèces, une sorte de fin du monde, tellement brusque et inattendue que la science n'a pu donner encore aucune explication plausible de ce mystère... Aujourd'hui, je crois l'avoir percé, le mystère, murmura Roger d'une voix plus basse.

Il poussa un soupir, marqua un silence. Puis, avec un accent de haine toujours plus emporté :

— Après des siècles, des millénaires de mort, survint la résurrection !

Ce furent d'autres vies, d'autres plantes, d'autres bêtes et d'autres hommes.

Cette vie valait-elle mieux que celle engloutie sous le linceul des glaces. Il ne le paraît pas, du moins si j'en juge par l'odieux spectacle de notre monde actuel.

Livry se dresse ; avec de grands pas, avec de grands gestes, il continue à jeter ses anathèmes :

(1) Authentique.

— Aujourd'hui, que voyons-nous ? En dépit des progrès apparents et illusoires de la civilisation ? partout, la ruée des instincts bas et des passions mauvaises... Partout, le mensonge, l'hypocrisie, le dol !

La guerre atroce d'hier n'est qu'une incidence de cette dégradation universelle.

La moitié de l'humanité ne semble-t-elle pas s'acharner à spolier, à torturer, à détruire l'autre moitié ?

Et si nous observons les signes matériels, ne trouvons-nous pas dans toutes les races, dans toutes les classes, des symptômes de décadence et de décrépitude ?

Quoi de plus abominable que le monde d'aujourd'hui !

Roger s'arrête devant moi, les bras croisés. Son visage est pourpre de colère, son regard flambe. Il éclate :

— Paul, crois-moi, il est temps, grand temps de replonger dans le néant ce monde qui se désagrège et qui souffre... Oh ! oui, qui souffre !

Pauvre Roger ! En cet instant, il me causa une peine affreuse, une pitié profonde. Sous les propos fous du malheureux, je sentais poindre une détresse d'âme navrante, une douleur suraiguë. Je suis d'ailleurs fixé sur la portée impratique de ses hallucinantes menaces. Je redoutais tant d'autres violences plus directes et plus efficaces contre le ménage Berjac !

— J'ai compris. Tu médites un ouvrage, un livre de science servant de cadre à une pensée philosophique : un rêve d'une fin du monde par le froid, telle qu'elle s'est produite dans la préhistoire, telle qu'elle se produira dans des millions d'années...

Un rire strident, démoniaque, suspend net le fil de mon discours.

Et d'une voix dure, métallique, orgueilleuse, d'une voix dont les accents me firent frissonner, Roger rugit :

— Non, tu n'as pas compris !

Il ne s'agit pas d'un rêve, mais d'une réalité ! non d'un livre, mais d'un acte ! Pas de philosophie contemplative, des faits tout proches !

Il fit un violent effort pour se reprendre, et posément :

— Paul, excuse mes nerfs. Mais je veux finir par où j'aurais dû commencer. Ici même, je possède la substance qui me rend maître d'abaisser à ma guise, la température du globe.

Le chimiste m'entraîna vers la pièce voisine où avaient été déposées les caisses apportées de Fontenay. Et les désignant d'un geste emphatique :

— Voici par quoi nous conduirons le Monde à ses fins dernières !

Je ne bronche pas. Lui, vient d'ouvrir une des caisses. Elle contient les fioles de verre bleu déjà vues, encastrées dans leurs gaines de feutre. Le chimiste en sort une, la débouche, verse quelques gouttes dans une soucoupe.

Sans émotion, je regarde le liquide bleuâtre, sirupeux, que mon camarade « caresse » — je ne vois pas d'autre mot — et fait couler entre ses doigts.

Avec complaisance, il explique :

— Dans ce premier coffre, ma provision d'acide Oméga. Dans l'autre boîte doublée de feuilles de platine, mon radium au centre de cette matelassure d'amiante. Car, ce radium est un métal terriblement encombrant. Il ronge tout, même le verre.

Maintenant, il brandit l'étui d'ébonite qui renfermait le corps étrange découvert par l'admirable ménage Curie.

— C'est gros comme un porte-plume ! On ne se douterait pas que le contenu vaut douze millions !

— Douze millions ! répétai-je abasourdi.

— Oui, 10 grammes de radium... j'en possède autant dans mon laboratoire de Fontenay... et ce n'est là qu'un commencement. J'ai passé un traité en règle avec les plus gros fabricants de produits chimiques pour qu'ils me procurent dans le délai d'un an, les 40 grammes qui vont m'être nécessaires.

A quoi bon jeter les hauts cris ! Dans sa démence, le malheureux multipliait à la demande de ses imaginations folles, les quelques parcelles de radium qu'il possédait.

Il remit en place le tube de radium, referma soigneusement les deux boîtes.

— Demain, je compte recevoir à la gare les bacs en verre destinés à contenir l'acide Oméga, et aussi les instruments de météorologie qui me seront utiles pour constater les résultats.

Dans quatre jours, tout sera disposé... En attendant l'acte définitif, cette première expérience te donnera une idée des moyens dont je dispose...

C'était navrant !

Mais une fois encore, son rire grinçant éclate dans le silence :

— Hein ! si l'astronome Thiérard-Leroy pouvait se douter, je pense qu'il eût jugé inutile d'unir le 24 avril dernier, sa fille Hélène, au capitaine Berjac, du 306ᵉ d'artillerie !

Ces mots me font tressaillir. Roger sait les noms, il se rappelle la date. Il est dominé par la hantise de ce maudit mariage !

Fouetté sans doute par cette réminiscence, le fou cède à l'emprise cruelle de son égarement, il délire :

— Ah ! les amoureux aveugles, ils ne voient pas la Mort... Elle descend de là-haut, toute blanche, blanche comme une mariée... Elle est de neige... elle est de glace... Je l'appelle, je l'attire, je la guide... Elle étend sur eux, sur nous, sur toute la terre son linceul glacé...

— Roger, je t'en supplie...

Les exhortations au calme restent dans ma gorge serrée.

Seul avec le pauvre fou, dans cette maison perdue où l'orage gronde, où le vent hurle, où sous la lueur crue des éclairs, le sol semble se tapisser de givre !

Vraiment, en cette minute d'affolant cauchemar, je crois voir autour de moi la terre morte, invoquée par la vision du dément, la croûte des neiges cristallisées de l'époque glaciaire.

Et Roger, les bras au ciel, continue de vociférer :

— Tremblez, êtres et choses...

La poussière retournera poussière... Je suis l'Homme de l'Apocalypse

CHAPITRE IV

UN CHERCHEUR D'AILES

Après cette soirée d'épouvantes, je connus les affres d'une nuit de fièvre et d'insomnie.

Le lendemain matin, Roger m'apparut frais et dispos. D'après les ordres donnés la veille, l'auto qui avait été remisée au garage de l'hôtel, vint nous prendre pour nous conduire à la station. En deux tours de roues, nous y sommes.

Des colis nombreux étaient arrivés à l'adresse du chimiste. Roger s'entendit avec le bureau de petite vitesse pour le camionnage, puis nous reprîmes place dans l'automobile.

Roger conduit lui-même, je suis assis à ses côtés. Il se prépare une belle journée que viendra tempérer une brise d'Est.

Ce souffle régulier encourage les essais de vol à voiles, car à l'horizon, vers la ferme de Bouy, deux grands oiseaux blancs sillonnent le ciel, paraissant et disparaissant tour à tour derrière les boqueteaux de sapins.

Sur la route, nous rattrapons une étrange machine que remorque un tracteur.

— Tiens, tiens ! fit Roger, il y a là une idée neuve... Des ailes oscillantes...

En effet, de par la vitesse de la course, les ailes de l'alérion remorqué, tendues sur une armature souple, battaient l'air régulièrement comme celles d'un énorme oiseau.

Mais l'auto des chercheurs d'ailes vire par un chemin de droite, dégageant la route devant nous.

Roger va actionner l'accélérateur :

— Si nous allions voir ? proposai-je.

Il eut un mouvement d'épaules.

— Pauvre inventeur ! S'il savait, il ne risquerait pas de se rompre les os sur sa fruste mécanique.

— S'il savait quoi ?

Ma question parut naïve, car Roger s'irrita :

— Mais que bientôt nous serons morts !

Puis, après un geste, il concéda :

— Plus tard, bien plus tard, lorsqu'une autre humanité renaîtra, peut-être sera-t-elle mieux outillée par la nature que celle qui va disparaître !

Et se tournant vers moi, d'un ton indulgent :

— Maintenant, s'il t'es agréable d'aller voir de plus près les pénibles tentatives de ces larves faites pour ramper sur le sol, allons !

Il donna un tour de volant. A la suite de l'alérion, notre voiture gagna la crête dominant la plaine, d'où s'élançaient les appareils.

Nous fûmes bientôt sur la lisière formée par les curieux qui limitaient ainsi l'aéro-drome improvisé.

Deux engins à voile évoluaient.

Cependant, l'attention se concentre sur la machine volante qui vient d'arriver.

Dans le cercle des curieux, l'on chuchote le nom de l'inventeur, Guy Mayrol.

Il procède à ses préparatifs d'envolée. Les aides tendent les « sandow » qui vont projeter l'alérion. Guy Mayrol prend place sur son siège de pilote, lance un cri bref. C'est le signal. Les câbles élastiques se détendent, comme une flèche, l'alérion part dans le vide.

Hélas ! tout aussitôt, l'appareil se cabre, descend en tournoyant et culbute sur le côté.

La foule se précipite. Roger et moi, nous suivons.

Heureusement, la chute a été douce. Le pilote s'est relevé indemne.

Malgré ses déclarations chagrines de tout à l'heure, mon ami examine avec intérêt, la machine volante gisant sur l'herbe. Mayrol, un tout jeune homme à la figure sympathique, contemple la blessée avec une expression de douleur et de découragement.

Pendant ce temps, Livry a tiré son carnet de sa poche, trace une épure tout en donnant un coup d'œil aux diverses parties de l'appareil, mesure du regard l'inclinaison des ailes, puis aligne des équations.

J'aime mieux le voir ainsi.

Tout à coup, il s'approcha de Guy Mayrol, et d'une voix très douce, une voix que je ne lui connaissais pas depuis longtemps, il lui glissa à l'oreille :

— Monsieur, voulez-vous me permettre un conseil...

Mayrol dévisage cet inconnu avec étonnement, mais le laisse dire sans impatience. Dieu sait s'il en a entendu de ces conseils !

... Pourtant, l'aviateur suit l'explication, opine de la tête, enfin serre dans sa poche la feuille que Roger vient de détacher de son carnet.

Après cet incident, mon ami me rejoint. Nous remontons dans l'automobile. Roger replace la voiture dans la direction de Mourmelon-le-Grand.

— Tu vois, tu t'intéresses quand même à l'avenir du vol à voile, lui dis-je pour rompre le silence.

Du geste il proteste.

— Oh ! n'exagère rien. Je me suis vu en état de procurer une satisfaction à ce chercheur. Ses ailes sont trop étroites, le centre de gravité de l'appareil placé trop bas. Et pourtant, il a compris le problème. S'il m'écoute, demain, il planera comme un oiseau.

Puis d'un ton plein d'ironie :

— N'est-il pas de règle d'accorder des menues douceurs aux condamnés à mort !

Je me tus. A quoi bon insister ?

D'ailleurs nous arrivions devant notre château branlant.

Aussitôt la porte franchie, Tourte en tablier blanc — contrastant avec son visage rouge du feu du fourneau — Tourte remet une lettre à Roger.

Celui-ci décachète, parcourt, et de nouveau, le voilà en fureur.

— Ah ! ça, qu'est-ce qu'il me veut encore, celui-là !

— Qui donc ? demandai-je.

— Tiens, lis.

C'est une lettre de Philippe, le vieux domestique qui remplit l'office de concierge à la villa de Fontenay. Deux pages banales pour dire que tout est en place comme au départ de « Monsieur » ; une page de salutations. Puis, en bas, un post-scriptum qui me fait bondir :

« *Je dois dire à monsieur que M. Jobert*
« *s'est présenté hier à 4 heures, demandant*
« *à parler à monsieur. J'ai répondu que*
« *monsieur était absent.*

La rentrée en scène de cet individu me causa un indéfinissable malaise.

Mais vers quel but mystérieux tendait cette inlassable poursuite ?

— Peut-être Jobert voulait-il solliciter une rentrée en grâce auprès de toi.

Ma supposition provoqua un hochement de tête du chimiste.

Mais l'arrivée du camion de la gare le détourna vers un autre objet.

Il surveilla le déchargement des divers colis. Jusqu'au soir, nous nous occupâmes de déballer les caisses envoyées de Paris.

D'abord des bacs d'épais cristal que Roger fit placer au milieu de l'espace vide, derrière la maison.

— Là, ce sera ce que j'appellerai notre « prise de froid » déclara-t-il.

Avec quatre foyers de cette sorte, je viendrai à bout du monde.

Je le laissai divaguer et je l'aidai à installer d'autres appareils d'usage courant dans les observatoires météorologiques.

Ensuite, il fallut disposer toute une série de thermomètres à maxima et minima. L'un fut placé au niveau du sol, un autre logé dans un trou d'obus de dix mètres de profondeur que nous fûmes obligés d'assécher au préalable.

Un dur travail que ce curage dans la boue blanche du sol calcaire ! Mes élèves de Louis-le-Grand auraient bien ri, s'ils avaient pu voir leur professeur de philosophie peinant en bras de chemise comme un puisatier !

— Maintenant, il me faut un thermomètre sur le toit, le plus haut possible... murmura Roger.

— J'y grimpe ! fit Tourte esquissant une gambade joyeuse.

Pauvre petit ! ta destinée à laquelle *la nôtre* se trouvait liée d'extraordinaire façon, t'obligeait d'être gymnasiarque accompli et casse-cou !

Les travaux nous occupèrent jusqu'au soir.

Surpris par l'obscurité, Roger voulut bien consentir à remettre au lendemain le remplissage des cuves avec l'acide Oméga, et l'entrée en scène du radium.

Pour ma part, j'étais brisé de fatigue. Aussi, après un dîner sommaire, ne fus-je pas fâché de remonter dans ma chambre et de retrouver mon mauvais lit de camp.

CHAPITRE V

DU DRAME, DE L'HÉROISME, DE LA FOLIE

La voix impérative de Roger m'arracha du sommeil.

— Vite, lève-toi, me criait mon ami. Il est 4 heures. Le vent est favorable. Si le cœur t'en dit, viens voir voler Mayrol.

Je m'habillai en hâte.

Nous arrivons au terrain juste comme le jeune pilote vient d'achever ses préparatifs d'envol.

A la vue de l'appareil, le visage de Roger s'épanouit.

— Il a suivi mon conseil ! me dit-il. Son centre de gravité paraît convenable, les ailes se trouvent maintenant selon l'axe de stabilité longitudinale. Hé ! Hé ! nous pourrons voir des choses intéressantes !

Je ne remarquais rien des perfectionnements signalés qui devaient exister seulement pour les yeux hallucinés de Roger. Quand même, j'approuvai fort ses dires.

Mais à ma grande surprise, le jeune homme courut au-devant de nous dès qu'il nous aperçut. Ses mains tendues cherchèrent celles du chimiste :

— Ah ! monsieur, cher monsieur, comment vous remercier. Sans grande confiance, je vous l'avoue — à mon excuse, je compte déjà tant de déceptions ! — j'ai adapté ma surface portante aux points mathématiques fixés par votre épure... j'ai gauchi mes ailerons d'après votre croquis. Hé bien ! à la pointe du jour, j'ai fait un essai, il m'a semblé que mon appareil était allégé de cent kilos, qu'il s'appuyait sur l'air avec une force inouïe.

— Cela ne m'étonne pas ! fit Roger avec une assurance stupéfiante.

Mayrol le contempla,, une admiration passionnée peinte dans son regard.

— Mais qui êtes-vous donc, pour, sans me connaître, m'avoir livré une idée d'où je puis tirer gloire et argent ! Car je sens que, cette fois, je vais aboutir.

— Moi ! mon jeune ami..... Si vous saviez qui je suis, vous me voueriez sans doute plus d'exécration que de reconnaissance... Je suis l'*Homme de l'Apocalypse !*

Un instant, Mayrol se tut, démonté par ces étranges paroles.

Mais sans s'attarder davantage aux étonnements ils s'installa sur le siège de son appareil et d'un geste pria les curieux de s'écarter.

L'alérion fut lancé. A la stupeur de tous, d'un bond, il monta à vingt mètres dans un style admirable.

Alors, le grand oiseau blanc se mit à décrire des orbes avec une régularité parfaite.

Les spectateurs dont le nombre croissait de minute en minute, s'étonnaient et s'extasiaient.

Le pilote paraissait sûr de lui. Pas d'oscillation indiquant un déséquilibre. Parfois de brusques plongées vers la terre, enrayées par un ressaut gracieux dans l'azur.

— On jurerait d'une mouette volant au-dessus des flots !

Cette réflexion d'un officier rendait exactement l'apparence de ce vol extraordinaire.

Et moi, je ressassais cette pensée : Livry avait une bonne part dans la réussite qui s'affirmait de plus en plus certaine.

C'était merveilleux et combien troublant !

Troublant !

Plus encore que je ne me l'imaginais en cette minute !

Qui eut été capable de pressentir que Livry venait de créer de ses propres mains l'antidote suprême, par lequel la Terre pourrait échapper au mal de mort !

....

Le temps s'écoulait !

De grandes pancartes étalées sur le sol indiquaient à mesure au pilote les résultats acquis.

Une heure trente.. Une heure cinquante..

L'alérion continuait de monter, de descendre avec une facilité remarquable. On s'habituait si bien à le voir planer dans le ciel, qu'à la longue le spectacle devenait naturel, banal, presque fastidieux.

Roger s'impatienta :

— Parbleu ! nous perdons notre temps. Je suis sûr que cet homme volera jusqu'à l'épuisement de ses forces. Allons nous-en...

Il se retourna, fit un pas en avant, puis demeura cloué au sol !

Sa face était devenue blême, ses mains s'agitaient d'un tremblement convulsif.

Je frissonnais d'angoisse, Roger allait-il avoir une crise, là, devant ce public !

Machinalement, mes yeux cherchèrent les gens qui nous entouraient.

Beaucoup d'officiers, des sportmanns, des chauffeurs, quelques paysans, et à dix pas en arrière un groupe composé de deux amazones et deux cavaliers, un colonel et un capitaine d'artillerie.

De ces femmes, la première était rougeaude, les cheveux serrés aux tempes, un corps taillé à la serpe, un aspect « hommasse ». Au premier coup d'œil, on devinait une femme de cheval, sacrifiant toute coquetterie à la pratique de son sport habituel. A peine d'ailleurs si j'accordais un regard à cette personne disgraciée et disgracieuse, qui semblait être là pour servir de repoussoir à la joliesse de sa voisine.

Par un contraste frappant, l'autre amazone donnait l'impression d'un être tout de finesse et de charme. Une taille élancée, souple comme une liane ; un idéal visage éclairé par des grands yeux bleus profonds, un peu tristes. Des touffes de cheveux blonds mousseux s'échappaient des bords de son canotier de paille. Cette ravissante créature inspirait presqu'un sentiment de tendre pitié dans sa fragilité de lys.

C'était vers elle que Roger braquait ses regards fous. Brusquement je compris.

Le fâcheux hasard auquel, à tout instant, il fallait bien s'attendre, s'était produit.

Devant nous, il avait conduit Mme Berjac, la fille de l'astronome Tiérard-Leroy !

Hélas ! je sentis alors à quel point se trouvait justifiée la passion folle et soudaine de mon pauvre ami.

Cette adorable femme était une de ces prédestinées qui charment et séduisent au premier regard. D'autres, comme moi à cette heure, durent l'admirer, l'aimer, tel un objet d'art exquis, un Saxe fragile aperçu dans une vitrine de musée. Il fallait être vraiment très sûr de son cœur et de sa raison pour rester insensible devant cette grâce idéale.

Un incident rapide comme la foudre vint suspendre net mes réflexions. Comment décrire la succession subite des angoisses et des effrois dont furent remplies ces quelques secondes !

Parmi les acclamations d'une foule de plus en plus dense, l'alérion se rapprochait du sol, prêt à se poser à son point de départ avec la légèreté d'un oiseau. Mayrol avait battu le record de durée et d'altitude.

Mais au même instant, dominant tous les autres, retentit un cri de détresse éperdue.

Je me retourne et l'horreur me saisit devant l'imminence d'un drame affreux.

Effrayé à la fois par la grande ombre de l'appareil qui balayait le sol et par le crépitement des bravos des spectateurs, le cheval de Mme Berjac a fait un bond de côté. Puis, tout d'une pièce, la bête s'est dressée sur ses jambes de derrière. Un temps inappréciable, elle se tient dans cet équilibre instable, dont les exercices de cirque ne nous donnent qu'une faible idée. C'est la cabrade complète ; à l'aide d'une expression significative, les cavaliers l'ont baptisée « la chandelle ». Elle constitue la défense la plus redoutable que puisse opposer le cheval, car le poids du cavalier, l'action instinctive exercée sur les rênes, tout concourt à renverser la monture Alors, c'est l'écrasement ! L'étau enserre la victime entre le sol et la masse du corps de la bête cherchant un point d'appui pour se relever. Avec la disposition des selles de dames, le danger se présente encore plus horrible, car l'amazone demeure prisonnière des fourches qui la soutiennent, et ces fourches interviennent pour produire d'affreuses et mortelles blessures.

Telle est la périlleuse situation de la frêle jeune femme. On le sent, on le voit ; elle est perdue !

Des cris s'élèvent, cris horrifiés, où se mêlent l'impuissance et la douleur.

Piquant son cheval d'un furieux coup d'éperon, le capitaine Berjac s'élance vers sa compagne, mais effaré à son tour l'animal se dérobe.

Parmi les piétons, des gens font mine de se précipiter.

Avant tous les autres, près de moi un homme a bondi.

D'un élan incroyable, dont seul un acrobate professionnel m'eût semblé capable, il saute à la tête du cheval, empoigne les rênes, s'y cramponne.

Une secousse violente, et sous l'effort de ce contre-poids, la monture de Mme Berjac retombe vers le sol. D'autres personnes se sont jetées sur la bête, l'aggrippent de toute part, l'immobilisent. Au milieu de la foule, je distingue le sauveteur qui roule sous les sabots du cheval, puis, le capitaine Berjac qui emporte dans ses bras sa femme inanimée.

Tout ceci, je le répète, s'est déroulé si vite, que les différentes phases de la scène ont devancé mes impressions, mes intentions et mes mouvements !

Comme mes voisins je me disposais à courir, à porter secours. Mais je n'eus pas le temps de mettre un pied devant l'autre, tout était fini.

Alors seulement, je reconnus Roger dans l'homme qu'on venait de dégager d'entre les pieds du cheval. Tout à la fois on l'époussetait, on lui demandait s'il se sentait blessé, on le félicitait de son sang-froid.

A mon tour, je m'approchai de mon ami, et, sans un mot, je pétris ses mains dans les miennes.

— Partons vite ! murmure-t-il à mon oreille d'une voix hachée. Je n'en puis plus !

Pauvre Roger ! En cette minute, j'ai pu sonder la profondeur de son inguérissable blessure !

Il actionna le levier d'embrayage, et l'auto emportée en quatrième vitesse parmi les ornières cailloteuses d'une voie à peine tracée s'enfuit vers Mourmelon. Vraiment la machine semblait épouser les rancœurs de son maître

Ce fut une suite d'embardées terribles, de chocs à briser les ressorts. Un instant, j'appréhendai que Roger vaincu par le mal de vivre, ne se précipitât volontairement vers une mortelle catastrophe.

Un brusque coup de frein, faillit me faire exécuter un saut périlleux par-dessus le capot.

— Tiens-toi donc, marmonna le conducteur de cette voix irritée qui était le plus sûr indice de son bouleversement intérieur.

Nous venions de stopper à moins d'un mètre d'une immense fourragère qui barrait la rue de Mourmelon où nous étions engagés. A coups de trompe impératifs, Roger se fit livrer le passage. Avant que je fusse remis de mon émotion, l'auto achevait de traverser le village et s'arrêtait devant la grille de notre maussade demeure.

Roger monta dans sa chambre et s'y enferma. Je jugeai qu'il valait mieux respecter ce farouche isolement.

D'ailleurs, Roger réapparut à l'heure du déjeuner.

En face de moi, il expédia son repas sans mot dire, puis, la dernière bouchée avalée :

— Au travail ! dit-il. Je veux qu'à la fin de la semaine, l'expérience batte son plein, que dans huit jours, nous sentions les premiers effets du froid.

Et avec un sourire sardonique :

— Les amateurs d'équitation peuvent jouir de leur reste ! Avant l'automne, je leur promets une température sibérienne... Au moins, les amazones resteront au coin du feu !

Je m'abstins de toute réflexion.

CHAPITRE VI

LE BILLET DE JOBERT

Le lendemain, dès le lever du jour, le chimiste s'appliqua à des manipulations délicates et lentes. Aussi méticuleux que s'il conduisait une expérience réelle, il opéra l'épandage de l'acide Oméga. Par couches successives, la liqueur sirupeuse fut étalée dans les bacs de verre. Avec une attention minutieuse, Roger surveilla la cristallisation du liquide, de façon prétendait-il, à rendre la masse parfaitement homogène.

Mon rôle se borna à suivre en simple spectateur le travail du chimiste. Roger avait tenu à répartir lui-même le radium dans la masse gélatineuse formée par l'acide.

A l'aide d'une longue aiguille creuse en platine, il introduisit, particule par particule, des traces du corps précieux, de façon à en imprégner le bloc cristallisé : à la longue, ce geste monotone me sembla horripilant.

Le coup de sonnette du facteur apportant le courrier du matin vint m'offrir un prétexte pour m'échapper un instant.

Je cours jusqu'à la porte.

Justement, il y a une lettre à mon adresse. J'ouvre l'enveloppe. Un papier quadrillé s'en échappe, de ce papier à lettre vulgaire, tel qu'on en offre le plus souvent dans les cafés au consommateur qui réclame « de quoi écrire ».

Du premier coup d'œil, je déchiffre la signature de Jobert. Une écriture hachée, pointue, aux jambages interrompus par soubresauts.

Dans cette page crayonnée, un graphologue découvrirait les indices de l'envie, de la rage, de l'orgueil, et aussi d'un dérangement cérébral nettement accusé.

De fait, c'est un véritable ultimatum que, par mon entremise, Jobert adresse à Livry.

Qu'on en juge :

Monsieur Paul Lefort,

Votre ami Livry a beau se cacher au camp de Châlons, j'ai percé à jour le but

de l'expérience qu'il prépare en secret, j'en prévois les incalculables conséquences ; transformer en terres arables les steppes de craie de la Champagne pouilleuse, changer les déserts en prairies, les landes en forêts. Or, ayant contribué à ses travaux dès leur origine, il est juste que je participe à la gloire des résultats grandioses. Sachant que vous êtes la seule personne possédant de l'influence sur Livry, j'use de votre intermédiaire pour lui faire comprendre son devoir et lui exprimer mes formels désirs :

Ou bien Livry m'appellera auprès de lui et m'associera à son œuvre, non plus comme préparateur, mais comme collaborateur traité sur le pied d'une égalité absolue.

Ou bien Livry me fera don en toute propriété de la quantité de radium nécessaire pour continuer seul mes recherches sur la modification de la matière calcaire, quantité que je fixe à vingt grammes.

Ma science vaut la mienne, et je ne puis admettre que son insolente richesse lui donne le pouvoir de bafouer ma misère et d'arrêter l'essor de mon génie.

Dans le domaine scientifique, plus encore qu'en tout autre, la propriété, c'est le vol !

Donc, part à deux, si l'on ne veut pas mettre à bout ma patience et ma résignation !

A bon entendeur, salut !

JOBERT.

L'auteur de ce factum était vraiment doué d'une belle dose d'inconscience ou d'effronterie. Je jugeai qu'il valait mieux mettre mon ami au courant de la situation. Je verrais bien ce qu'il dirait.

Pensif encore plus qu'irrité, le chimiste écouta le bref compte rendu des faits et gestes de son ex-préparateur depuis le jour où il avait quitté le laboratoire de Fontenay. Il fronça le sourcil en prenant connaissance de la lettre, puis il opina de la tête comme si ces lignes incohérentes lui paraissaient absolument normales.

Enfin, les audacieuses prétentions du coquin ne l'indignèrent pas outre mesure. Il se contenta de pincer les lèvres, puis me regardant en face :

— Sais-tu que ton Jobert possède ce que nous appellerons « l'intuition scientifique ». Je ne l'aurais pas cru si fort !

A cette appréciation inattendue, je ne pus m'empêcher de sourire.

— Voyons, si j'ai bien compris, Jobert prétend régénérer le sol infertile, devenir un bienfaiteur de l'humanité. Or, il me semble que tu marches vers un but situé juste à l'opposé : au lieu de créer, tu te prépares à détruire.

— C'est exact. Mais Jobert a néanmoins saisi une des applications de ma méthode, et ce n'est pas déjà si mal. Toutefois, il serait fâcheux qu'il poussât trop loin la théorie et surtout la pratique, car alors...

Roger laissa sa phrase en suspens.

— Alors ? insistai-je.

— Rien. Inutile de développer mon hypothèse, d'abord parce que Jobert ne possède pas de radium en quantité suffisante, ensuite parce que tu ne comprendrais goutte à mes explications.

Et comme par mon jeu de physionomie, je témoignais quelque dépit de cette appréciation, mon savant ami daigna parler.

— Ne te vexe pas ! Mes recherches reposent sur des théories si neuves, si troubles, si extraordinaires qu'elles échappent presque à nos sens et à notre raison. En faire la preuve palpable, pour ainsi dire mécanique, exige le secours des hautes mathématiques, du calcul intégral, car, là seulement, la notion de *l'infini* peut ressortir nettement. De cette démonstration, je te ferai grâce. Mais, afin que tu puisses saisir, je vais essayer de la vulgarisation en énonçant les résultats encore vagues où gisent les lois de la physique et de la chimie futures.

Il existe des ferments inorganiques, qui jouent dans la matière, le rôle que les microbes jouent dans la vie des êtres.

Conséquence : des effets très grands, ou si tu préfères des réactions formidables, sont produits par des quantités de substance très faibles, mais possédant un pouvoir propre de dissociation...

Et, me prenant par le bras, Roger me conduisit vers le bac où se cristallisait le mélange de radium et d'acide Oméga.

— Tiens ! tu as là sous les yeux un saisissant exemple de ce que j'avance... Ce qu'on appelle maintenant « radio-activité », c'est plus simplement « la dématérialisation de la matière ».

Puis, avec une nuance d'orgueil :

— L'autre soir, je t'ai rappelé que la vapeur d'eau en suspension dans l'atmosphère s'oppose à l'intrusion du froid de l'espace, absolument comme les carreaux d'une fenêtre protègent une chambre contre les effets de la température extérieure.

Eh bien ! moi, je casse un carreau de la serre atmosphérique dans laquelle nous vivons comme des plantes fragiles. Je fais voler en éclat le vitrage du ciel.

Et ma pierre, la voici !

Il a puisé une gouttelette du liquide bleuâtre et violemment, il fait le geste de la jeter en l'air.

Puis, se reprenant :

— Mon acide Oméga dissocie totalement la vapeur d'eau qui vient à son contact, en fixant l'oxygène et en libérant l'hydrogène, lequel, en raison de sa faible densité, s'élève, et peut-être se perd, à la limite de l'atmosphère. Mais un fait remarquable vient donner toute sa portée à ma découverte : après l'adjonction du radium, cette dissociation provoquée à la surface du sol simplement en exposant le liquide à l'air extérieur, se transmet de proche en proche. Chaque molécule de vapeur d'eau attaquée décompose ses voisines, avec une vitesse proportionnelle à l'étendue de la surface radiante. Cette action dont le radium est le principal agent (1), compare-la si tu veux, à celle d'une traînée de poudre. Retiens aussi que ce phénomène extraordinairement intensif de radio-activité découvert par moi, s'exercera également depuis le niveau de la mer jusqu'aux plus hautes couches atmosphériques.

Comme conséquence immédiate, plus d'évaporation des eaux ! Et l'évaporation, qui constitue le grand régulateur thermique du globe, est aussi nécessaire à la vie de la planète qu'à nous la respiration. Conclus !...

Mais ce fut le dément, qui d'un ton sans réplique, tint à donner lui-même cette hallucinante conclusion :

— Etant donné les surfaces d'acide radifère que j'emploierai, six mois suffiront pour abaisser la température du globe à

(1) Une expérience de Mme Curie a démontré que le radium décompose l'eau liquide, glace ou vapeur, avec une extraordinaire intensité.

150 degrés au-dessous de zéro.

J'estime qu'aucun organisme vivant ne pourra résister à un pareil climat.

D'autre part, la surprise aura été trop brusque pour qu'on arrive à s'organiser contre un froid semblable. Tout calorique, toute protection fournis par les habitations actuelles ou les vêtements deviennent illusoires.

D'ailleurs, comment mangerait-on ? Plus d'animaux de boucherie, plus de végétaux comestibles, plus d'eaux courantes. Tout mouvement impossible !

Dès ce moment, après une phase de courte lutte, la vie disparaîtra sans qu'il soit besoin d'attendre l'année suivante où la température fléchira encore de cent degrés, d'attendre le siècle prochain où la ruée des glaces aura achevé de recouvrir la surface du globe.

En vérité, il était horrifique ce conte à la façon d'Edgar Poë que Livry développait avec une précision d'apparence scientifique indiscutable.

Roger triomphe de mon émoi. Il y trouve sans doute la preuve de ma méfiance ébranlée :

— As-tu saisi maintenant ce phénomène colossal de la « dématérialisation de la matière, phénomène qui se caractérise par une libération d'énergie extraordinaire... Ici, j'emploie cette énergie à détruire la vapeur d'eau de l'atmosphère, et indirectement à produire le froid... Johert pense l'employer d'une autre façon, à détruire les calcaires... Mais laissons cela, cette énergie peut se manifester sous mille et mille formes. Tu en connais au moins quelques-unes ?...

Et comme j'ouvrais des yeux étonnés, Roger eut un sourire ironique :

— Parbleu ! tu n'es pas sans avoir entendu parler de la chaleur, de l'électricité, de la lumière !

— J'ai compris, murmurai-je.

Malgré moi, j'étais saisi par la grandeur de ces vues magistrales, j'oubliais tout à fait que mon discoureur était fou !

Mais je fus troublé davantage encore, lorsque sur un ton de modestie, Roger déclara :

— Après tout, ces théories, j'ai seulement la chance de les mettre en pratique, de leur donner la consécration de l'expérience — et quelle expérience ! — Mais je n'ai pas le mérite de les avoir inventées ; elles ont été posées par Gustave Le Bon ! Et laisse-moi seulement te rappeler une phrase écrite par ce grand physicien dans son beau livre l' « Evolution de la Matière ».

Le savant qui trouvera le moyen de libérer économiquement les forces que contient la matière changera presqu'instantanément la face du Monde.

Et Roger ricana :

— Mon insolente fortune, comme dit Jobert, m'a permis d'y mettre le prix... mais j'ai trouvé !

Je vécus là une minute affolante ; un instant s'imposa à mon cerveau une persuasion horrible : sain de corps et d'esprit, Roger disait vrai ! Et moi, l'ignorant, n'assistais-je pas au début de la titanique et mortelle expérience dont le Monde allait mourir ?

Non ! c'était par trop absurde.

Si je m'abandonnais, j'aurais vite pris la mentalité tremblante d'un homme de l'an mil terrorisé par les légendes et les prédictions !

Hélas ! mes perplexités n'étaient encore qu'à leur début !

Le lendemain, je fus éveillé par les appels triomphants de Livry.

— Ohé ! Paul. Descends vite ! Viens constater : le thermomètre a déjà baissé de trois degrés depuis hier, température prise à la même heure.

De fait, en mettant le pied dans la cour, je sens un vent frisquet me fouetter au visage.

Il exultait et à 8 heures du soir, il déclara avec une joie orgueilleuse :

— Six degrés au-dessous de la normale. Ce n'est pas mal pour un début !

Ma parole, le temps semble être complice de sa manie. A la fin du jour, on a l'impression d'un véritable coup de froid. Au cours de la nuit, je me vois dans l'obligation d'ajouter un plaid de voyage à ma couverture légère : je gelais.

Les deux jours qui suivirent, le froid s'accentua. Une bise aigre soufflait au dehors. C'était anormal pour le milieu du mois d'août ; mais en somme les saisons nous avaient habitués depuis quelques années à des fantaisies semblables.

Au matin du troisième jour, Roger ne se tint pas de joie en constatant que l'herbe rase était recouverte de gelée blanche.

Mais dans le courant de l'après-midi, un coup inattendu vint réfréner cet enthousiasme. Roger, tout gaillard, se disposait à faire une sortie en automobile, pour prendre la température des environs, disait-il, lorsque un télégraphiste se présenta à la porte. Il tendit une dépêche : Roger fit sauter la bande gommée avec une expression de mauvaise humeur :

— On ne me laissera donc pas la paix, grommela-t-il.

Pourtant, dès qu'il eut parcouru le télégramme, sa physionomie décela une émotion violente.

— Le misérable ! murmura-t-il. Il est donc devenu fou furieux.

Et comme mon regard quêtait une explication :

— Tiens, lis !

Il me passa le papier bleu.

A mon tour, je demeurai suffoqué d'indignation et de douleur après avoir lu ces lignes affreuses :

PROCUREUR REPUBLIQUE SEINE à M. Roger LIVRY, chimiste, MOURME-LON.

« Propriété Fontenay cambriolée cette nuit par malfaiteur inconnu. Gardien assassiné. Prière revenir d'urgence. »

— Jobert !

Ce nom s'échappa de mes lèvres, contenant à lui seul une accusation formelle.

— Oui, le coquin a mis ses menaces à exécution. Il m'a volé mon radium !

— Alors, que comptes-tu faire ?

— Retourner à Paris. Il le faut bien ! Je veux être fixé sur le sort de Philippe. Pauvre homme !

Son affliction réelle fit place à un éclat de mauvaise humeur égoïste.

— Etre troublé ainsi au moment le plus passionnant de mon expérience !

— Tu vas l'interrompre, quitte à la reprendre plus tard.

— Non pas ! Ici tout restera en place. Le phénomène se poursuivra sans nous, au besoin pendant des années. Personne ne peut se douter, et la maison se gardera bien toute seule. C'est vexant tout de même !

Une demi-heure plus tard, après avoir clos de notre mieux le château branlant, nous roulions sur la route de Paris.

Lorsque se produisirent les tremblements de terre... (page 24)

CHAPITRE VII

LE FROID

Triste voyage qui s'accomplit sans un échange de paroles.

A six heures, nous arrivons devant la grille de la villa de Fontenay. L'habitation est pleine d'agents de la sûreté. Le juge d'instruction achève son enquête dans le laboratoire.

Tout le luxe du propriétaire s'est reporté sur ce grand pavillon bas élevé derrière la villa, au milieu du véritable parc qui s'étend entre la voie du chemin de fer et le bois de Vincennes. Là, Roger a réalisé une installation merveilleuse, munie des appareils les plus perfectionnés et les plus coûteux. A la science, il n'a rien su refuser, pas même un four électrique qui lui brûle pour 3.000 francs de courant l'heure chaque fois qu'il l'allume !

Nous nous dirigeons de ce côté. Mais en approchant de la porte, la stupéfaction me cloue au sol. L'encadrement de pierre de taille — de la pierre meulière — dans lequel étaient encastrés la solide grille et les épais vantaux de fermeture, a complètement disparu. Ferrures et battants gisent à terre, découvrant une ouverture taillée à plein dans la brique du soutènement : on dirait une construction à son début.

— Marche ! souffle Roger très bas. Et surtout, cesse tes airs étonnés !

Et comme mon ahurissement ne se dissipe pas assez vite à son gré, il ajoute avec impatience : .

— Mieux que tout autre, tu dois pourtant comprendre comment Jobert s'est introduit pas là... Simple dissociation de la pierre calcaire qui soutenait la porte, à l'aide de l'acide Oméga. As-tu déjà oublié mes explications de l'autre jour ?

Frémissant, je suivis mon camarade.

Présentations réciproques avec le magistrat ; explications de ce dernier :

— La porte de votre laboratoire était en réparation, ce qui a facilité l'intrusion du malfaiteur, dit le juge, sans s'arrêter davantage à ce qui reste pour lui une constatation évidente.

Roger opine de la tête. En même temps, d'un coup d'œil il m'invite au silence. Le juge poursuit la reconstitution de l'attentat. Au milieu de la nuit, l'assassin escalade la grille de clôture. Puis, par la brèche ouverte, il s'introduit dans le laboratoire, va droit au coffre-fort, éventre un panneau d'acier à l'aide d'un explosif, — une poudre chloratée ont déclaré les experts.

Malgré le soin pris par le cambrioleur de garnir le devant du coffre avec des couvertures, le bruit de l'explosion est entendu par le vieux Philippe, le gardien de la villa. Il accourt, mais sur le seuil du laboratoire, il tombe percé de deux coups de poignard. Le pauvre homme agonise à l'hôpital Saint-Antoine. Toutefois, grâce à la lueur d'une lanterne, il croit avoir reconnu son agresseur : il a désigné Jobert, l'ex-préparateur du maître du logis.

— Tout indique d'ailleurs que le crime a été commis par une personne très au courant des habitudes de votre maison, conclut le magistrat instructeur. Aviez-vous donc, Monsieur Livry, des sommes importantes dans ce coffre ?

— Pas un centime en monnaie courante, mais dix grammes de radium représentant une valeur de plus de 2 millions.

Le juge eut un haut-le-corps. Moi, j'étouffai un cri de stupeur : Roger avait-il donc vraiment dépensé une somme pareille en achat de radium ?

Cependant, sans s'émouvoir, le chimiste procédait à un rapide inventaire :

— Il m'a emporté aussi une tourie de vingt-cinq litres d'acide Oméga, murmura-t-il tout bas à mon oreille... Et ceci est plus grave...

Les dernières constatations terminées, le juge se retira, déclarant que Jobert se plaçait au rang des criminels les plus dangereux : toutes les polices allaient être lancées à ses trousses.

— Parviendra-t-on à l'arrêter ?

Quelques instants après le départ des magistrats, je formulais cette question à seule fin de rompre le sombre silence dans lequel Roger semblait vouloir se confiner.

— J'espère bien que non ! fulmina-t-il.

Et comme je manifestais sur mon visage une légitime surprise, il expliqua :

— Je n'ai pas envie que la justice vienne faire de la chimie sur mon dos !

— Que veux-tu dire ?

— Que Jobert possède un échantillon de mon acide, qu'il a deviné trop de mes travaux. Je préfère qu'il ne parle pas ; donc, je fais des vœux pour qu'il échappe aux recherches !

— Mais, c'est un assassin ! il mérite un châtiment !

Roger eût un mouvement d'épaules :

— Comme nous tous, je l'ai condamné à mort. La justice ne peut faire mieux.

Je ne me sentis aucun goût pour prolonger cette discussion à la fois oiseuse et pénible.

Je compris la nécessité pressante de réagir.

Pour commencer, je voulus me libérer l'esprit du doute où me plongeait malgré moi les fantasques propos de Roger, au sujet de ses achats de radium.

Le soir même, pendant que mon ami était à l'hôpital Saint-Antoine auprès de son serviteur blessé, je passai chez les principaux marchands de produits chimiques du quartier latin.

A tous, Livry prenait d'importantes fournitures.

Or, dès les premiers mots, ces commerçants me laissèrent découvrirent que les affirmations de mon ami étaient encore au-dessous de la vérité.

Trois mois auparavant, n'avait-il pas conclu, en bonne et due forme, un marché inouï pour la fourniture de cinquante grammes de radium ! Au cours moyen de 1.200.000 francs le gramme, il s'était ainsi engagé vis-à-vis de divers producteurs de France et de l'étranger pour une somme de 60.000.000 environ, une bonne moitié de sa fortune !

En rentrant à la villa, je trouvai Roger occupé à des rangements dans son laboratoire. Sans plus attendre, je ne pus maîtriser l'élan qui me poussa à lui tenir le langage de la raison.

— Malheureux ! m'écriai-je, tu veux donc te ruiner !

Il haussa les épaules.

— Dans quelques mois, nous ne serons plus là ! Dois-je encore te le répéter ?

Donc, dès demain, je passerai chez mon notaire pour qu'il mette en vente mes immeubles ; ensuite, quand il le faudra, j'hypothéquerai la villa de Fontenay...

Je le laissais dire. A quoi bon rétorquer de tels arguments ! Je tâcherai seulement de voir son notaire, d'empêcher en sousmain, cette irrémédiable excentricité, qui mettrait le malheureux sur la paille.

Mais ces précautions officieuses d'un ami dévoué suffiront-elles contre les idées fixes d'un volontaire tel que Roger ?

Non, au train où vont les choses, à bref délai, les circonstances me feront un devoir de recourir à une extrémité douloureuse.

Du jour où je me verrai impuissant à défendre Roger contre lui-même, je deviendrai coupable en gardant le secret de sa folie : alors, une seule solution paraîtra possible, l'internement du pauvre garçon.

Depuis longtemps déjà, n'aurait-il pas mieux valu faire donner au savant les soins réclamés par son cerveau malade ?

Mais nos pensées et nos résolutions sont vraiment soumises à des oppositions étranges !

A partir de l'instant où je m'encourageais de plus en plus à faire une démarche décisive, Roger sembla prendre à tâche de tenir une attitude absolument normale. Et vis-à-vis de qui ? Juste vis-à-vis des gens qui pourraient être appelés à juger de son état mental !

Au cours de l'affaire Jobert, il fut entraîné à de nombreuses entrevues avec le juge d'instruction, le chef de la sûreté, le commissaire de police de Vincennes. Fûtce de sa part un effort de paraître naturel pour ôter à la justice toute velléité de s'occuper de ses affaires ? En tout cas, jamais je n'avais vu mon Roger aussi aimable, aussi brillant causeur, aussi peu lunatique. Les magistrats étaient émerveillés de sa logique et de son intelligence. Derrière son dos, ils s'adressaient à moi pour sacrer Livry homme supérieur, cerveau puissamment organisé, savant de premier ordre !

Même impression sur le docteur Revard, le célèbre chirurgien, le membre le plus en vue de l'Académie de Médecine. Roger avait fait sa connaissance à l'Hôpital Saint-Antoine au chevet du pauvre père Philippe qui se débattait toujours entre la vie et la mort. Tout naturellement, les deux hommes avaient laissé dévier leurs entretiens sur le terrain scientifique. Or, un jour, pour résumer son jugement enthousiaste au sujet de mon ami, Revard, qui pourtant ne passait pas pour cultiver la louange, me glissa à l'oreille :

— Retenez mon diagnostic. Votre ami sera Galilée, Edison ou Pasteur !

Après cela, me voit-on allant requérir la mise en observation de Livry dans une maison de santé. Mais c'est moi qui eût risqué d'être traité de fou et de me voir enfermer sur l'heure !

Et cependant, je recueillais la certitude que mon camarade n'était pas guéri ; au contraire, ses billevesées s'enracinaient, de plus en plus profondes. Chaque matin Roger pénétrait dans ma chambre, brandissant les journaux :

— Hein ! je crois que ça y est !

Hier, 15 degrés au-dessous de la normale ! Un temps d'hiver au début de l'automne. Les vignes gelées en Champagne... Pauvres diables de vignerons, si je pouvais leur dire combien leurs lamentations sont vaines...

Et les météorologistes !

Ah ! ceux-là ! il faut les entendre .: il nous serve la vague de froid, la perturbation du régime des vents, ou encore les taches du soleil ! Tous les « vieux majors » sont sur les dents !

Bien entendu ; on accuse aussi la lune. Elle a bon dos la douce Phœbé !

D'ailleurs, constate toi-même l'activité inouïe avec laquelle l'acide Oméga « mange » la vapeur d'eau. Depuis que fonctionne ma machine à froid de Mourmelon, plus une goutte de pluie, un ciel purgé de toute trace d'humidité.

De fait, une singulière coïncidence encourageait l'extravagante utopie du destructeur de monde.

Depuis un mois que nous avions quitté Mourmelon, le temps s'était rafraîchi d'une façon très anormale pour l'époque. On souffrait d'un froid véritable : une bise aigre soufflait comme en décembre. Partout où l'on peut saisir sur le vif le sentiment populaire, dans les autobus, au restaurant, au carrefour des rues, les plaintes éclataient. Sur le pas des portes, les commères affirmaient que les saisons étaient « retournées ».

Enfin, un symptôme qui ne laissa pas de m'impressionner fortement : bien avant l'époque ordinaire de leur départ, les hirondelles avaient fui vers le Sud.

J'ai toujours jugé l'instinct des bêtes très supérieur aux prévisions des hommes !

Etions-nous vraiment menacés d'un hiver très précoce et d'exceptionnelle rigueur ?

Cet accord fortuit entre les prédictions hallucinantes de Roger et la réalité des faits finit par me troubler de singulière façon. En vain, j'attendais un changement de temps, une de ces détentes brusques faites d'humidité molle et chaude, qui succèdent normalement aux périodes sèches et fraîches. Mais les jours passaient sans modifier l'état de l'atmosphère, les bulletins météorologiques enregistraient des températures de plus en plus maussades, à la grande joie du chimiste et à mon énervement croissant.

Ce fut alors que la semaine suivante un événement survint qui allait fournir un nouvel aliment à mes angoisses.

CHAPITRE VIII

LE SEMEUR DE CATACLYSME

J'ai omis de dire qu'à la secrète satisfaction de Livry, tous les efforts pour retrouver la piste de Jobert étaient restés vains.

Un instant, on avait soupçonné l'assassin de s'être réfugié chez sa mère près d'Alger. Veuve d'un fermier, cette femme vivait à Bouffarick.

Mais une perquisition opérée chez la pauvre vieille avait démontré que Jobert n'y était pas. Y était-il même passé après le crime, c'était possible, c'était probable si l'on faisait état de certains indices. Peut-être Jobert avait-il cédé au désir d'embrasser sa vieille mère avant de s'expatrier ; et les dénégations de la bonne femme ne fixaient nullement ce point particulier : une mère ne trahit pas son fils ! Enfin, tout donnait à croire que le criminel avait gagné Alger et réussi à s'embarquer pour une destination inconnue.

Tel était l'état des renseignements sur lesquels tablait la police, lorsque se produisirent aux alentours de Douera-Bouffarik les tremblements de terre qui plongèrent la région dans la consternation et la terreur.

Les journaux de l'époque ont décrit en détail l'affreuse panique du premier moment, les villages en ruines, les morts et les vivants ensevelis sous les décombres, et aussi la noble émulation des sauveteurs accourus de toute part.

Tout en déplorant ce malheur public, je n'eus, sans doute, prêté à ces événements qu'un intérêt lointain si Roger n'était venu leur donner une interprétation vraiment singulière.

— Tu ne devines pas ce qui s'est passé ? me demanda-t-il, après avoir parcouru attentivement les nouvelles relatives au cataclysme.

Et comme ne saisissant pas la question, je demeurais sans répondre :

— Eh bien moi, trancha Roger, je suis persuadé que Jobert s'était bien réfugié à Bouffarik chez sa mère. Là, consciemment ou inconsciemment, il a provoqué la catastrophe.

— La catastrophe ?

— Mais oui, le tremblement de terre !

J'étais habitué aux propos abracadabrants de mon pauvre ami, mais celui-là passait vraiment la mesure. Suivant la tactique que je m'étais imposée en pareil cas, je ne relevai pas l'étrange affirmation.

Néanmoins, Roger suivit sa pensée.

— Ce soupçon m'est venu au premier abord. L'étude de la carte géologique l'a pleinement confirmé. Dans la région qui vient d'être éprouvée par le cataclysme, le sol est constitué de strates siliceuses alternant avec des bancs calcaires. Supprime ou dilue les couches de marbre, de chaux, de marne, tout s'effondre, tout se disloque. Tu as réalisé la condition qui engendre les tremblements de terre.

Et railleur, il me décocha quelques traits :

— Or, si peu versé que tu sois dans les études de chimie, tu dois te souvenir de l'expérience fondamentale : la craie dissoute par les acides... que dis-je, je rougirais d'avoir à te rappeler tes classiques latins, où l'on t'apprit qu'Annibal pour franchir les Alpes, fondit les rocs avec du vinaigre !

Eh bien, je te le répète, mon acide Oméga amalgamé au radium jouit lui aussi de la propriété d'attaquer les calcaires, mais dans des proportions...

Cette fois, je dressai l'oreille : un horizon nouveau se découvrit brusquement à mes yeux troublés, un horizon dont Livry se chargea de fixer les lignes :

— Parbleu ! fit-il d'un ton enjoué, je prêche un averti ! Tu as été à même de constater que Jobert a pu *instantanément* volatiliser de la pierre calcaire, en l'espèce les chambranles en meulière de mon laboratoire.

Son récent vol lui permit de faire les choses en plus grand. Et sans doute les conséquences terribles de ses manipulations lui ont-elles échappé, car elles vont à l'encontre du mirage après lequel mon Jobert court inconsidérément, cette soi-disant régénération du sol.

Roger s'esclaffa.

— Jolie la régénération du sol !

Moi, j'étais frémissant.

Un instant, Roger demeura songeur, puis d'une voix plus grave :

— N'empêche que cet individu devient désormais très dangereux.

Moi aussi, j'aurais pu ravager la terre, semer ci et là les ruines, la mort et la désolation. Mais ce serait de la destruction locale, le crime absurde et sans lendemain.

La fin du monde, oui ! C'est une idée grandiose, logique et ordonnée comme une vérité mathématique. C'est une œuvre quasi divine, en regard de laquelle une hécatombe partielle m'apparaîtrait abominable.

Roger arpentait le bureau plein de son sujet, illuminé comme un prophète. Ce fut la première fois qu'il me fit peur, mais réellement peur, en dehors de toute sensation nerveuse de tout choc imaginatif. Pour la première fois, ma conviction fut ébranlée.

Pourquoi ? Parce que j'ai envisagé sérieusement le rôle *possible* qu'il prêtait à Jobert. J'avais vu de mes yeux les effets dissolvants produits par l'acide Oméga : il n'était pas déraisonnable de supputer des effets de même sorte, mais multipliés à l'extrême. A dose infinitésimale, le radium détermine déjà des phénomènes extraordinairement énergiques... Quel pouvoir attribuer aux 10 grammes détenus par Jobert, aux 80 grammes que Livry prétend employer un jour ?

Comment mesurer la limite des réactions formidables qui peuvent survenir, puisque jamais laboratoire n'a pu expérimenter sur de telles quantités.

Donc, j'admettais presque cette chose qui m'eut paru insensée quelques mois auparavant : un homme était en mesure de provoquer un cataclysme, un tremblement de terre !

Alors... Alors, pourquoi dénier à un autre homme le pouvoir de bouleversement encore plus colossal, en imaginant l'action destructive de cet acide centuplée, multipliée presque à l'infini ?

Seul, un doute venait à mon secours pour me défendre contre l'invasion définitive de cette idée effroyable.

A sa base, ce raisonnement reposait en somme sur une hypothèse toute gratuite de Roger : la présence de l'assassin à Bouffarik au jour de la secousse sismique et la corrélation prouvée entre le phénomène et les manipulations d'acide Oméga par l'ex-préparateur.

Ce doute auquel se raccrochait ma raison chancelante, devait être tranché une semaine après.

Il est des dates qui marquent dans la vie. Ainsi n'oublierai-je jamais ce 8 octobre 19... C'était mon premier cours depuis la rentrée des classes. En effet, j'avais pu faire entendre à Roger, qui désirait me garder près de lui, qu'il me fallait reprendre ma place au lycée Louis-le-Grand, tout au moins jusqu'à la désignation d'un suppléant : règle de bienséance à laquelle je ne pouvais me soustraire, en attendant de solliciter un congé qui me permettrait de me consacrer à lui.

Au fond, j'éprouvais une joie secrète à cette reprise de contact avec le monde universitaire : quelques heures par semaine, je vivrais dans une atmosphère plus saine et moins troublante que celle où j'étais plongé depuis deux mois.

Non pas que je marchandais au malheureux Roger les soucis, les peines et les tribulations. Plus que jamais, j'étais résolu à tout sacrifier, mon repos, mon bien-être, ma carrière, pour tenter de l'arracher à ses épouvantables hantises. Il est des devoirs d'amitié qui ne se prescrivent pas !

Mais, en raison même de mes intentions, il me semblait bon de me retremper dans mon milieu naturel. En professant devant les autres la philosophie, il me paraissait que, le premier, je devais profiter de mon enseignement.

Ainsi, avais-je consacré ma leçon d'ouverture à Descartes, ce grand destructeur des idées préconçues, cet ennemi déclaré de l'imagination. Sous le couvert du philosophe admirable doublé d'un savant génial, je vitupérai contre l'illusion de nos sens, la tyrannie des prestiges, les faux-pas du raisonnement.

En vérité, je parlais pour moi-même !

Avec le feu d'enthousiasme que donne la sincérité, j'enlevai mon auditoire, j'obtins un véritable succès.

Je quittai la classe, les tempes encore battantes, éreinté par l'effort physique, mais le cœur en joie, l'âme sereine.

Il me parut que j'avais reconquis mon calme et mon aplomb.

Joyeux, résolu, je sortais du lycée, lorsque quelqu'un me frappa sur l'épaule.

— J'arrive à temps pour te cueillir, prononça la voix de Roger.

— Toi ? Rien de grave, au moins !

J'avais en effet laissé Roger enfermé dans son laboratoire où il s'acharnait à fabriquer de nouvelles quantités de son acide. Et le chimiste, je le savais, ne se dérangeait pas volontiers de sa besogne.

D'un geste, il me rassura.

— Oh ! simplement une convocation que j'ai reçue ce matin du Chef de la Sûreté.

— Ah ! encore l'affaire Jobert ?

— Tu as deviné juste. D'après la note succincte qu'on m'envoie, le coquin serait retrouvé.

— Tu vois bien ! m'écriai-je dans un élan. Jobert n'a donc rien de commun avec le tremblement de terre, et tout ce que tu supposais l'autre jour...

De la main, Roger m'invita à formuler mon jugement avec plus de réserve.

— Doucement, nous allons voir d'abord ce qu'on va nous dire à la Sûreté. Car pensant que la chose t'intéresserait, j'ai fait un détour pour te prendre.

Il m'entraîna vers son automobile.

Au fond, j'escomptais par avance un dénouement, qui achèverait de réduire à néant les suppositions troublantes des jours précédents. Déjà, je me morigénai tout bas :

« Voilà qui t'apprendra à t'emballer sur des hypothèses ! »

Nous arrivons à la Préfecture de Police. Immédiatement nous sommes reçus par M. Régnaud, un des sous-chefs de la Sûreté.

— Eh bien, monsieur Livry, dit le fonctionnaire, vous aviez raison contre ceux qui voulaient voir en Jobert un voleur attiré par l'énorme valeur intrinsèque du radium. Lui-même vient de nour fournir la preuve qu'il est un simple fou... un fou dangereux à coup sûr.

— Il est arrêté ? interrogea le chimiste avec une visible impatience.

— Non. Mais il le sera sans doute dans quelques jours. Il prend la peine de nous signaler sa présence à Messine.

— Comment ?

— Une imprudence : il a écrit à sa vieille mère à Bouffarik. Or la lettre a été saisie. Cette missive suffit d'ailleurs à nous fixer sur son état mental et aussi...

Le sous-chef de la sûreté bougonna à mi-voix :

— Et aussi sur la piètre façon avec laquelle fut exercée la surveillance autour de la veuve Jobert... Ah ! la police de province. Bref ! de par son propre aveu, notre fugitif est bel et bien resté caché dans son pays jusqu'au lendemain du cataclysme. Au milieu de la panique, sans être reconnu, il aida même au sauvetage de sa mère ensevelie sous les décombres de sa maison. Il prit la poudre d'escampette juste au moment où il vit la vieille femme retrouver ses sens. Il gagna Bougie, s'embarqua sur une balancelle de pêcheurs italiens et parvint en Sicile... Tout ceci, narré dans sa lettre, est instructif, mais en somme très banal... Où la banalité cesse, c'est lorsqu'il explique le cataclysme... Dans ma profession j'ai souvent eu à examiner des cas de folie des grandeurs, rarement comme celui-là.

Et M. Régnaud, les mains aux hanches, hocha lentement la tête pour dire cette chose qu'il jugeait énorme :

— Figurez-vous que Jobert s'accuse d'avoir provoqué le tremblement de terre par des expériences imprudentes ! Il en demande pardon à sa vieille mère qui faillit en être victime.

Roger ne dit rien : il me regardait seulement avec une expression indéfinissable.

Moi, j'étais devenu livide.

— Après cela conclut le fonctionnaire, ce misérable semble plutôt relever des aliénistes que de la cour d'assises.

En attendant, nous avons entamé les démarches pour le signaler à la police italienne et demander son extradition. Dans quelques jours, je l'espère, nous l'aurons à Paris.

Comme en un brouillard, je vis mon compagnon se lever, prendre congé du sous-chef.

Je me raidis pour l'imiter et me dresser debout.

Dans le grand couloir administratif, froid et nu, je fus en proie à un véritable vertige. Je dus m'appuyer sur le bras de Livry pour ne pas tomber.

— Eh bien ! qu'as-tu donc... une faiblesse ? fit mon ami avec sollicitude.

Ah ! ce que j'avais !

Pour la première fois depuis le début de cette histoire le mur d'incrédulité qui m'avait protégé contre les définitives épouvantes venait de se fendre. Par cette fissure, les dernières résistances tentées par ma raison en révolte allaient s'évader.

Le voile du doute était décidément déchiré, laissant apparaître *le fait* :

Fou, Roger l'était sans doute en tout ce qui touchait à son amour pour la fille de M. Thierard-Leroy. Mais, dès qu'il se cantonnait dans son domaine scientifique, la folie cédait la place à une admirable clarté de vues.

Témoin, le prodigieux résultat des conseils donnés au pied levé à Guy Mayrol ; parmi le désordre de ma pensée en détresse, ce fut la première preuve qui se présenta.

Quelques jours auparavant, parti de la falaise de Boulogne, l'aviateur avait, en se jouant, traversé la Manche et atterri dans la banlieue de Londres. Puis, la veille encore, les journaux étaient pleins de son nouvel exploit. Mayrol s'était élancé du sommet du Ballon d'Alsace et après qu'il eut atteint plus de 1.500 mètres d'altitude, survolé les vallées de la Saône et du Rhône, un coup de mistral l'avait emporté jusqu'au delà d'Avignon.

Au cours des interviews qu'il dut subir, le héros du jour reportait une bonne part de sa réussite aux indications données par un mystérieux inconnu ; celui-ci n'avait fait qu'apparaître et disparaître comme le bon génie des contes, jetant seulement derrière lui un nom fantôme : l'Homme de l'Apocalypse !

Et la presse continuait de commenter, de discuter et aussi d'enjoliver les confidences de Mayrol, désormais entourées de l'attrait hoffmanesque du fantastique.

Mais moi, je savais la vérité : l'Homme

de l'Apocalypse, c'était Livry.

Pour achever d'asseoir mon jugement, venaient ensuite ces coïncidences frappantes, mieux que des coïncidences des *réalisations* répondant aux événements annoncés par le chimiste.

Le refroidissement de plus en plus accentué de la température, les maléfices dûment expliqués qui se rattachaient étroitement aux gestes de ce Jobert !

Après cela, comment persister dans une négation aveugle !

Maintenant, Roger, l'ami de mon enfance, le compagnon de mes joies et de mes peines, m'apparaissait comme le génie surhumain de l'anéantissement et de la Mort !

Fini, le rôle si simple que je m'étais attribué. Il ne s'agissait plus de veiller sur un fou avec une prudente et compatissante attention.

J'avais à entrer en lutte contre une Force dont je pouvais déjà soupçonner l'incommensurable puissance.

Qu'importe ! La situation se découvrait telle que j'étais condamné à marcher sur mon cœur, à juguler mes nerfs, à étouffer mon amour-propre.

Tout s'effaçait devant un instinct nouveau que je découvrais au fond de moi en ces minutes d'affolantes suggestions, *l'instinct de la conservation*, mais un instinct élargi bien au-delà de l'intérêt propre à mon individu.

La Nature agirait-elle à notre insu pour défendre en temps opportun sa création et ses créatures ?

....

Quand une pauvre tête se laisse envahir par de pareils pensers, rien d'étonnant, n'est-ce pas, de voir s'écrouler le corps qui la supporte !

L'air vif du dehors me fouetta le sang. Je me redressai. Je fis une longue aspiration.

— Allons ! cela va mieux, fit Roger en m'installant dans l'automobile.

— Oui. Dans ces bureaux de la sûreté, il faisait une chaleur...

Roger eut un sourire machiavélique :

— Ils ont poussé les calorifères... et ce n'est qu'un commencement !

Et avec un accent de triomphe satisfait :

— Dans la plaine de Châlons, depuis deux jours, il gèle à pierre fendre !

CHAPITRE IX

LA DÉTENTE

— Paul, dors-tu ?

Ce fut au matin du 15 octobre que Roger entré dans ma chambre sur la pointe des pieds murmura ces mots à mon oreille. Sa voix était grave : elle ne s'accentuait pas de cette amicale désinvolture avec laquelle il venait m'éveiller lorsqu'il avait besoin de moi avant l'heure de mon lever.

— Je ne dors pas, fis-je. Qu'y a-t-il ?

Avant de me répondre, Roger tourna le commutateur placé à la tête de mon lit.

L'ampoule électrique brilla.

Alors je puis dévisager mon ami. Il était très pâle ; ses mains tremblantes tenaient un journal déplié.

Et, sur un timbre sourd qui décelait une émotion profonde, il prononça :

— Sais-tu que mes projets peuvent être modifiés du tout au tout...

Il élargit son bras en un geste véritablement solennel.

— Le monde pourra vivre !

A cette affirmation colossale, j'opposai une banale interrogation.

— Pourquoi ?

— Parce que le Capitaine Berjac est mort !

De stupeur, je demeurai sans voix.

Roger me tendit *Le Matin* qui chaque jour était déposé à la villa dès six heures. Du doigt, il me désigna un article intitulé : « Automne de glace ».

D'abord, une suite de dépêches provenant de la région de l'Est. Toutes signalaient la précocité désastreuse du froid hivernal. A Epernay, le thermomètre avait marqué 17 degrés au-dessous de zéro ! A Sillery, la darse du canal de la Vesle était prise depuis deux jours !

Puis, un sous-titre me fit tressaillir :

« Première victime. Un officier se noie en patinant. »

Le cœur serré, je parcours l'entrefilet :

« Reims, 14 octobre, 9 heures du soir.

« Un grave accident vient de plonger la

« consternation dans notre région........ »

Je lis sans lire, et mes yeux ne retiennent que la fin :

« .....Le Capitaine Berjac laisse une jeu-
« ne femme, fille de M. Tiérard-Leroy, di-
« recteur de l'Observatoire de Paris.

« Nous saluons avec respect la douleur
« qui frappe cette honorable famille, ainsi
« que les Officiers du 306° d'artillerie. »

Je demeure pétrifié.

Et comme je garde le silence, la voix timide, presque honteuse de Roger murmure près de moi :

— Maintenant, *elle* est libre !

— Oh ! Roger !

Je ne fus pas maître de retenir ce cri, où vibrait l'indignation. Comment ! mon ami en était arrivé à cette inconscience barbare.

Et, en fouillant les faits, son attitude m'apparut encore plus cruelle et plus désolante !

Ce pauvre officier n'était-il pas en somme la victime indirecte des entreprises du chimiste ?

Il mourait de ce froid que l'autre avait créé !

A cette minute, Roger me fit horreur.

Pour effacer cette impression pénible, il me fallut remonter le courant de notre longue amitié. Il me fallut surtout me dire que mon jugement était inique et absurde. On n'incrimine pas un fou ! On le désarme !

Au lieu de faire le professeur de morale vis-à-vis de Roger, il me faut tirer parti de l'événement lamentable pour me rendre maître de cet esprit puissant... et si faible ! Plutôt que de l'exaspérer davantage par de vaines remontrances, je dois encourager l'utopie qui me le livrera.

Mme Berjac est libre, alors le Monde peut être sauvé !

Roger le déclare lui-même, il me montre le terrain sur lequel je devrais manœuvrer.

Il fallait encourager ses espérances, mais il fallait surtout les endiguer.

Mes premiers efforts allaient donc tendre à l'empêcher de commettre quelque démarche inconsidérée.

D'emblée, j'écartai donc l'ombre lugubre du Capitaine Berjac : je la gardai pour moi. Et, afin d'expliquer le blâme de mon exclamation, je ne reculai pas devant une lamentable palinodie :

— Tu m'as fait peur, Roger. Tu m'as paru disposé à compromettre par une impatience irréfléchie le bonheur auquel tu peux prétendre un jour.

— Le bonheur ! murmura-t-il.

La magie de ce seul mot avait jeté un éclat sur sa physionomie attristée.

— Oh ! dis-moi ce qu'il faut faire !

— Attendre ! Laisser agir le temps, ce grand chirurgien des blessures de l'âme. Ainsi, tu montreras le tact d'un homme de cœur, et ce sera la suprême habileté !

Il m'écouta avec une attention extrême. Puis, d'un ton calme et résolu :

— J'ai foi en toi, je suivrai tes conseils fraternels. Mais répète-moi encore que je puis espérer !

— Tu en as le droit !

Ah ! quelle me coûta cher à formuler cette affirmation qui célait un mensonge.

Et pour tirer un parti immédiat des bonnes dispositions du savant, je lui montrai du doigt le givre qui couvrait les carreaux de la chambre.

— Tu devines par où il va falloir commencer ?

Il passa sa main sur ses yeux, et comme frappé d'une révélation subite :

— C'est juste ! A Mourmelon, l'acide Oméga continue à opérer. Aujourd'hui même nous irons là-bas. Il me suffira d'un quart d'heure pour suspendre les effets.

— Suspendre ? Pourquoi pas détruire à jamais ?

Une hésitation qui se marqua par une crispation de ses traits, puis d'une voix sourde :

— Je veux réserver l'avenir !

En ce moment il eût été maladroit de le pousser davantage. Je tentai tout au moins d'obtenir une indication qui pouvait être plus tard d'une importance extrême.

— Tu as donc un moyen d'arrêter les effets de ton acide ?

— Oui. Un moyen des plus simples, qui rend l'acide inerte, absolument comme la poudre perd ses propriétés déflagrantes lorsqu'on la mouille, et les retrouve lorsqu'on la sèche.

— M'expliqueras-tu ?

Roger me considéra avec une expression où je discernai nettement la méfiance, puis farouche :

— Non !

Mais un premier résultat, énorme, était

acquis.

À dix heures du matin, nous nous élançons sur la route du camp de Châlons, Roger, Etienne et moi.

Avant deux heures la limousine stoppait devant la maison abandonnée.

Seul, depuis notre brusque rappel à Paris, Etienne y était revenu chaque semaine, envoyé par Roger pour relever les diagrammes des différents instruments enregistreurs de météorologie laissés à poste fixe.

Rien n'était changé dans la triste demeure.

Le rare gazon de la cour disparaissait sous une couche de grésil.

Le froid piquait très vif, le ciel avait cette teinte bleu noir des grandes froidures de l'hiver.

Comment se douter de l'œuvre colossale de destruction qui se machinait là, dans ce carré de cour !

Comment soupçonner ces bacs aux teintes glauques revêtant si bien l'apparence de débonnaires bassins à recueillir les eaux de pluie !

Une dernière fois, Roger consulta les thermomètres, puis il revint vers moi. Un sourire mélancolique errait sur ses lèvres, et d'un ton nuancé de regret :

— Comme savant, je déplore le geste que je vais faire. J'arrête l'expérience au moment où elle donnait des résultats prodigieux, plus concluants que tout ce que m'indiquaient les calculs.

Il hocha la tête, considérant les récipients.

— Maintenant, laisse-moi guérir cette pauvre terre qui semblait si bien perdue... Je te demande dix minutes. Va m'attendre dans l'auto.

Je ne fis aucune objection à ce désir de maniaque.

Je m'éloignai.

Fidèle à sa promesse, le chimiste reparut un quart d'heure après.

Et comme je l'interrogeais du regard.

— C'est fait. Dans quelques jours d'ailleurs, tu en jugeras !

Après avoir refermé la porte à clé, mon ami reprit place dans l'automobile. Il s'accointa au fond de la voiture. Les yeux vagues, les traits détendus, il sourit à son rêve.

Pauvre garçon, je devinais quelle vision rose venait de succéder aux cauchemars furieux ! Cette langueur ne l'abandonna même pas lors d'un arrêt assez brusque de l'auto qui survint quelques minutes après notre départ. Roger continua de songer, tandis que je me penchais curieusement à la portière.

Nous étions près de la gare de Mourmelon et notre voiture talonnait la queue d'un cortège funèbre : des officiers, des artilleurs en armes entourent le char, d'autres portaient des couronnes aux rubans tricolores. Je devinais le reste !

C'était le pauvre Capitaine Berjac qu'on accompagnait à son dernier voyage !

Le cœur serré, je me retirai bien vite, comme si, coupable, j'avais peur de me montrer.

En frissonnant je regardai Roger.

Il continuait de sourire aux anges !

CHAPITRE X

LA FAUSSE QUIÉTUDE

Les jours qui suivirent notre course à Mourmelon, Roger se montra d'une sagesse admirable.

Une transformation radicale semblait s'être opérée en lui. Plus de ces propos monologués remplis de sourdes et terrifiantes menaces, plus de ces accès de fureur, suivis de phases d'accablement. Il travaillait raisonnablement, s'appliquait à être et à vivre comme tout le monde.

Etait-ce la force de sa passion renaissante qui lui donnait une telle emprise sur lui-même ?

Etait-ce le changement très brusque des conditions atmosphériques qui influençait heureusement son tempérament ?

Car, chose extraordinaire, et pour moi concluante, le froid sec avait fait place à une humidité brumeuse. De partout on annonçait le dégel ; un temps mou, pluvieux, un temps « pourri » pour employer le terme expressif des gens du peuple, tendait à s'installer. Puis, le soleil se mit à luire, ramenant dans ses rayons un été de la Saint-Martin qui contrastait d'exquise façon avec les frimas des jours précédents.

Cette détente remarquable s'accordait avec les prévisions du chimiste, paraissait être l'immédiate conséquence du voyage à la maison du camp.

Pour moi, c'était un supplément de preuve, et combien suggestif !

Donc, d'une façon indéniable, Roger semblait en voie de guérison.

Je m'en félicitais et j'en tremblais tout à la fois, car il pouvait être voué à une fin lamentable ce divin mensonge d'amour auquel mon pauvre ami se prenait lui-même et dont je demeurais le complice effaré.

Ah ! lorsque l'heure de la désillusion viendrait...

Dans un proche avenir, j'entrevis la fin brutale de cette idylle sur laquelle Roger bâtissait la cité future de son bonheur. De quoi ne serait-il pas capable en constatant pour la seconde fois la faillite de sa confiance adorable et naïve ?

Heureusement, Roger m'ouvrit en même temps l'espoir d'arrêter les menaces du futur et de quelle façon prosaïque !

— Paul, me dit-il brusquement, tu vas me rendre un service.

— Ne suis-je pas là pour cela ?

— Oh ! ne t'engage pas à la légère. Je le sais d'avance, tu n'as aucun goût pour la besogne que je voudrais te confier. Tu n'es pas un homme d'affaires.

Avant de savoir où il voulait en venir, je souris en opinant de la tête.

— Bah ! continua Roger, par amitié pour moi tu t'y mettras ! Tu me suppléeras dans tout ce qui a trait à la direction de ma fortune. Tu traiteras avec mes fournisseurs de radium, tu feras le nécessaire pour les paiements... car j'ai des engagements vis-à-vis d'eux... D'ailleurs tu n'auras qu'à suivre les indications de Sencier, mon notaire : j'ai toute confiance en lui. Quant à toi, je n'ai pas besoin de dire que je te donne carte blanche. Tu agiras comme moi-même. Et serrant à deux mains sa pauvre tête en feu, il avoua :

— Vois-tu ! j'ai besoin de me reprendre, de me reposer. Pour quelque temps, je caresse la folle envie de mettre la clé sous la porte de mon laboratoire, je ne veux plus songer qu'à mon amour. Je te demande donc d'être mon intendant ! Puis-je compter sur toi ?

— En doutes-tu un instant, mon ami !

En lançant ces mots, j'eus comme un tressaillement. Car, déjà, dans le fond de ma pensée, perçait la sensation vague que Roger se livrait à moi.

Lui-même, il me poussa dans l'automobile, donna l'ordre à Julien de me conduire chez son notaire.

La tête bouillonnante, j'arrivai à l'étude de M⁰ Sencier, faubourg Saint-Honoré.

Je reçus le plus aimable accueil qui me mit de suite à mon aise.

Ma désignation comme factotum apportait une solution inespérée.

— Je vais vous faire établir une procuration en règle, s'écria le notaire. Alors, muni des pouvoirs les plus étendus en tout et pour tout, vous pourrez vous substituer au malheureux savant.

En toute conscience, nous avons le droit de sauver sa fortune... Les marchés de radium eh ! bien, ils tomberont d'eux-mêmes ; nous devons payer contre livraison de la marchandise, nous ne paierons pas, et le radium ne sera pas livré.

Ainsi parla M⁰ Sencier.

Le soir même, Roger signait une procuration en bonne et due forme. J'avais désormais la libre disposition de ses biens : je le tenais pieds et poings liés. Il n'aurait plus une parcelle de radium en dehors des quelques grammes qu'il possédait !

Cette fois un immense soulagement m'envahit tout entier.

Quoiqu'il pût arriver par la suite, Roger n'était plus en mesure de poursuivre son rêve de fin de monde.

Et sûr de l'avenir — oh ! quelle présomption imbécile fut la mienne ! — je me laissai aller à cette constatation désolante, mesquine, ignoble à coup sûr, mais bien humaine : le Monde ne serait pas sauvé, comme je l'avais cru un instant, par l'adorable tendresse de l'Amour, mais grâce à la force implacable et vile de l'Argent !

Roger tint sa promesse. Il déserta son laboratoire.

Et cette époque marqua pour lui plus qu'un repos : elle entraîna une modification radicale de toutes ses habitudes antérieures.

C'est ainsi que Roger passa ses journées en courses chez les tailleurs, chemisiers, bottiers les plus en renom du monde élégant. Un beau matin, il m'arriva la barbe taillée en pointe, les cheveux partagés du front à la nuque par une raie savante. Une autre fois, je le surpris s'abandonnant aux soins d'un manucure.

Un manucure chez Roger ! A lui seul, ce menu fait en disait long pour qui connaissait ce chercheur et ce sauvage.

Puis, il tourna son application vers les diverses méthodes de culture physique : son cabinet de toilette se garnit des appareils les plus compliqués, exerciseurs, haltères démontables, masseurs électriques. En deux semaines mon camarade fut méconnaissable. Au lieu du grand garçon dégingandé, hirsute peu ou prou, presque négligé dans sa mise, j'avais devant moi un véritable « gentlemen » aux habits bien coupés, de nuance sobre, d'un goût parfait.

A coup sûr, il avait fallu à Roger un effort de volonté extraordinaire, pour devenir d'emblée un homme du monde dans la meilleure acception du mot.

Cette transformation s'accompagna d'une existence nouvelle et tout aussi inattendue.

Roger m'entraîna dans les cabarets à la mode, me fit passer en revue les pièces de la saison, s'égara même dans les « dancings ».

Pauvre Roger ! Cette tournure nouvelle de ses idées et de ses gestes eut dû me réjouir. Elle me causa un insupportable malaise. Sans grand effort, je devinais pourquoi il s'acharnait à dépouiller le viel homme.

Ah ! il ne me faisait pas de confidence ! Quel tact, quel scrupule il mettait à ne plus jamais parler de son amour !

Cependant, quelques jours avant la fin de l'année, sa réserve presque farouche céda à un désir impulsif provoqué par un fait inattendu.

Depuis le dîner, Roger m'avait paru nerveux, très loin de la conversation : une ou deux fois, il commençait une phrase, puis la suspendait.

Et brusquement, au moment où nous regagnions nos chambres, il me retint par le bras :

— Ecoute-moi, Paul, je suis hanté par un projet. D'avance je t'en supplie, ne m'en détourne pas... Tu as pu constater avec quelle discrétion je me comporte vis-à-vis d'Hélène Tiérard-Leroy. — Il redonnait à l'aimée son nom de jeune fille ! — Depuis son deuil, jamais je n'ai cherché à l'entrevoir, à me trouver sur son chemin.

Et pourtant, je n'ai pu m'astreindre à rester sans nouvelles de celle à laquelle j'ai donné ma vie. Je me suis servi d'Etienne pour me tenir au courant, pour me relier à elle par un lien, si ténu fut-il.

Et comme je faisais un geste :

— Oh ! rassure-toi, il ne s'agit d'aucune investigation indiscrète, d'aucune démarche déplacée !

L'enfant se borne à la voir de loin. Par des bavardages de serviteurs, il se tient au courant de sa santé, de mille petits détails de vie. Des riens pour d'autres, des choses bien précieuses pour moi !

Ainsi ai-je appris un projet de voyage arrêté par M. Tiérard-Leroy. Dans le but de lui faire oublier plus sûrement les grandes émotions qui l'ont assaillie, ce brave homme emmène son enfant à Biskra jusqu'à la fin de l'hiver. Il prend prétexte d'une légère grippe pour l'entraîner vers cette oasis merveilleuse.

C'est très bien !

Cet optimisme aveugle me bouleversa. Ce nom de Biskra associé à la grippe évoquait devant mes yeux la station hivernale extrême où l'on envoie en dernier ressort les mourants de la poitrine, ceux qui ne peuvent même plus supporter le climat méditerranéen !

Et la silhouette gracile, transparente de la pauvre petite Mme Berjac traversa mon souvenir...

Je me gardai bien de communiquer à mon ami d'aussi sombres appréhensions.

— Alors j'ai pensé que nous pourrions, nous aussi, aller à Biskra... Oh ! en demeurant dans l'ombre, je te le jure. Je suis sûr de moi. Je ne risquerai pas mon bonheur dans une démarche intempestive. Mais être près d'elle, respirer le même air, l'aimer sans qu'elle s'en doute, quel mal vois-tu là-dedans ?

— Mais aucun, murmurai-je.

Ah ! je ne disais pas mon sentiment. A quoi bon ? Je voyais bien que Roger me consultait pour la forme.

Rien au monde n'eut pu modifier sa résolution.

Il parut joyeux de mon acquiescement.

— Nous n'avons plus qu'à préparer nos malles conclut-il. Tiérard-Leroy part samedi. Je lui laisse l'avance d'un paquebot. Nous prendrons le suivant. Tu vois comme je suis raisonnable. Est-ce dit ?

La question était tranchée.

Dès le lendemain, Roger s'occupa des préparatifs du départ. Je dus l'accompagner chez ses fournisseurs et compléter ma garde-robe à l'avenant de la sienne.

— Tu comprends ! m'avait-il dit. Il te faut un ou deux complets en flanelle blanche. Et un smoking ! Pour dîner le soir à l'hôtel, un smoking est indispensable.

— Marche pour le smoking !

Au fond, je commençais à prendre mon parti de ces enfantillages.

Après avoir vu tout en noir, Roger apercevait tout en rose. Mais à travers quel prisme d'illusions !

Comment tout cela finirait-il !

Une nouvelle lubie de Roger vint un instant réveiller mes alarmes.

Parmi les nombreux bagages, je distinguais en effet les deux fameuses caisses qui avaient servi à transporter au camp de Châlons l'acide Oméga et les sels de radium.

— Comment ! m'écriai-je, tu emportes à Biskra ce dangereux attirail.

Il me regarda en souriant.

— Là... Là... tu ne vas pas t'émouvoir pour les quelques décigrammes de radium et la bouteille d'acide que je tiens à avoir sous la main.

Là-bas, sur le seuil brûlant du désert, je pourrai sans doute fixer certains détails utiles pour plus tard.

— Alors tu comptes travailler ?

Il eut un geste comme pour écarter une éventualité fâcheuse.

— Mais non ! Faut-il te le répéter, j'ai trop de choses dans la tête et dans le cœur pour m'adonner à un labeur sérieux. Je n'appelle pas travail les deux ou trois observations météorologiques que j'aurai le loisir de faire dans d'excellentes conditions.

Vraiment, sans mauvaise grâce, je n'avais plus le droit de suspecter les intentions de mon ami. La présence de la petite veuve n'était-elle pas désormais la meilleure garantie contre un réveil possible des effroyables desseins du chimiste ?

Quelques phrases échangées avec Etienne me firent entrevoir combien cette garantie était précaire !

C'était le jour du départ de M. Tiérard-Leroy et de sa fille. Roger avait tenu à dépêcher son petit factotum en éclaireur.

Sous prétexte de préparer notre installation à Biskra, Tourte allait accompagner dans l'ombre les voyageurs.

Inutile de dire que la partie la plus importante de la mission consistait dans l'envoi de dépêches apportant des nouvelles, aux principales étapes du trajet.

Fidèle à sa discrétion, Roger n'avait pas voulu paraître. Il me chargea d'embarquer le petit à la gare de Lyon.

Tandis que la voiture descendait vers Paris, je fus frappé de la mine triste de l'enfant.

— Tu n'es donc pas content de faire un magnifique voyage ? interrogeai-je.

Il secoua la tête.

— Non, monsieur Paul. Et maintenant, je puis vous dire pourquoi...

Il raconta l'histoire de la petite intrigue que je connaissais déjà par la confidence de Roger.

— J'ai peur, ajouta-t-il, car je crois que Mme Berjac est bien malade... Un mauvais rhume !

Ah ! mes pressentiments !

Quatre jours plus tard, Livry et moi partions à notre tour. Roger avait la mine et l'allure d'un homme heureux. Les télégrammes expédiés par Tourte disaient que les Tiérard-Leroy étaient arrivés à bon port après une excellente traversée.

Avec une belle confiance, Roger, le savant implacable et terrible, l'Homme de l'Apocalypse, s'engageait donc sur la route du bonheur.

Moi j'avais le cœur meurtri d'une indéfinissable tristesse. Je demeurais assailli par les plus sombres pressentiments.

Ces pressentiments, ils me cristallisèrent à Marseille, et sous une forme à la fois effrayante et inattendue.

En traversant la grande cité pour nous rendre à l'embarcadère des transatlantiques, nous eûmes l'impression d'une ville en émoi. La foule était secouée par ce frisson d'angoisse qui est la caractéristique des grands malheurs. Sur la chaussée, on s'arrachait les journaux. Dans le tumulte des cris qui se croisaient, à travers le fracas de l'autobus roulant sur le pavé, nous ne pouvions discerner la nouvelle hurlée par des essaims de vendeurs de gazettes.

— Qu'y a-t-il donc ? demanda Roger à notre arrivée sur le port.

— Té ! monsieur ne sait pas ? fit le mé-

ridional bavard auquel s'adressait mon
ami. Pécaïre, les nouvelles arrivent plus
vite à Marseille qu'à Paris, surtout quand
elles viennent de Messine.

— Messine ? m'écriai-je, étreint par une
émotion et une réminiscence.

— Terrible, monsieur, terrible ! Pire
qu'au Japon...

« La terre a tremblé. De Messine, il n'en
reste pas plus que sur la main...

La lecture hâtive des premières dépêches nous fixa sur l'étendue de l'épouvantable désastre. Et parmi le fatras des nouvelles transcrites au fur et à mesure de
l'arrivée des télégrammes dans la précipi-
tation des éditions successives, Roger me
marqua d'un coup d'ongle cet entrefilet
trouvé sur le *Petit Provençal* :

« *Une prophétie bizarre.* Quelques jours
« avant la catastrophe, le Procureur du
« Roi reçut une lettre étrange émanant
« d'un certain Jobert, sujet français. Re-
« cherché pour un crime commis à Paris,
« cet individu avait été arrêté par la police
« sicilienne, puis était parvenu à s'échap-
« per de la prison municipale.

« Dans sa lettre au magistrat, ce Jobert,
« qu'on croit un fou anarchiste, se plai-
« gnait des nombreux dénis de justice com-
« mis à son égard, exigeait la restitution
« immédiate des papiers et des notes sai-
« sis sur lui, la cessation des poursuites
« entamées.

« Faute de ces conditions acceptées et
« remplies, il menaçait de détruire Mes-
« sine de fond en comble avant la fin de
« la semaine. »

— Il a tenu parole ! prononça le chimiste avec une gravité troublante.

— Comment ! tu jugerais le misérable
capable d'avoir déchaîné une telle catastrophe ! m'écriai-je épouvanté.

— Il en avait les moyens... étant
donné le sous-sol de la pointe Nord-Est sicilienne bouleversé par une série de cataclysmes antérieurs, éruptions volcaniques,
tremblement de terre... un chaos de roches
en équilibre instable.

« J'espère seulement que Jobert aura
épuisé cette fois sa provision d'acide, ou
bien qu'il a péri.

Puis, avec un accent volontaire :

— N'importe ! j'en aurai le cœur net ! Je
veux savoir si cet homme est mort ou vivant !

Et me voyant anéanti, grelottant d'horreur, il fit un effort pour chasser une pensée importune, peut-être le remords. Sur
un ton désinvolte, presque grondeur :

— Que veux-tu, mon ami, c'est un grand
malheur. Mais tout progrès s'achète... Dès
que je serai milliardaire, j'aiderai à re-
construire Messine.

« Dans tout cela, ne manquons pas notre bateau !

CHAPITRE XI

LA TÊTE DE MORT

Nous sommes à Biskra.

De la première partie du voyage, je ne
dirai rien. Elle ne m'a laissé que des impressions vagues et pénibles. Les terribles
événements de Messine m'avaient plongé
dans un fâcheux état d'esprit.

L'impitoyable mal de mer accentua ces
mauvaises dispositions en me tenant cou-
ché dans une cabine depuis la sortie de
Marseille jusqu'à l'accostage à Philippeville.

Puis, ce fut une affreuse journée de
cahotement en chemin de fer à travers un
pays maussade, sous un ciel de suie.

Ce temps de grisaille, qui prêtait à ces
hauts plateaux algériens l'aspect des plaines noires de l'Artois, moins les villes,
nous valut la magie d'un contraste merveilleux lorsque le train franchit le seuil d'El
Kantara.

A travers la brèche percée dans les ro-
chers sombres, apparut à nos yeux éblouis
la vision d'or du désert baigné de soleil et
de lumière, découvrant les palmiers, les
jardins de paradis terrestre.

Une heure plus tard, pour achever l'en-
chantement, Biskra s'offrit à nous dans sa
blancheur et ses verdures.

A la gare, Etienne nous attendait.

Les premiers mots de Roger furent pour
s'enquérir des Tiérard-Leroy. Avec une animation joyeuse, le gamin s'empressa de satisfaire la curiosité inquiète de son maître.
L'astronome et sa fille étaient installés à la

villa el Biod, — la villa Blanche, — louée pour la saison ; la jeune femme ne paraissait pas avoir souffert des fatigues du voyage. Elle passait de longues heures dans son jardin, elle sortait en voiture.

— Elle va mieux, beaucoup mieux ! me glissa à l'oreille le petit Etienne.

Allons ! les rassurantes nouvelles n'étaient pas seulement destinées à endormir la confiance de Roger, comme je le redoutais un peu. Les choses s'arrangeaient de meilleure façon que je n'osais le prévoir. Pour l'instant, il n'y avait donc qu'à s'abandonner à l'influence heureuse qui se dégageait de ce merveilleux pays, à profiter en fin décembre de cette délicieuse température d'un beau mois de juin de France.

Nous nous laissâmes guider par Etienne vers l'Impérial Hôtel.

C'était un immense caravensérail répondant au modèle uniforme de ces hôtels de luxe qui s'offrent en tous lieux aux voyageurs cossus.

Avec son intelligence habituelle, notre petit courrier avait su choisir pour nous un appartement des plus agréables. Nos chambres prenaient jour sur la palmeraie de l'Oasis, avec une échappée vers l'immensité du désert. Une autre pièce 'commune, destinée à nous servir de salon et de bureau, donnait sur une galerie à arcades au delà de laquelle s'étendait une cour mauresque pavée de mosaïques, ornée de fontaines jaillissantes et d'orangers en caisses. Cela formait un ravissant décor.

Il est près de 7 heures. Nous nous habillons pour dîner. Tous deux, nous inaugurons nos smokings.

Je ne puis m'empêcher de sourire de nous voir ainsi attifés en snobs lorsque la glace immense qui tapisse un des paliers monumental nous renvoie notre image.

Nous pénétrons dans la grande salle à manger. Partout, des nappes blanches, des fleurs, des plantes vertes. Les cristaux scintillent sous la caresse des lumières.

Les serveurs aux pas feutrés circulent sans bruit comme des fantômes noirs, se croisent, s'évitent, se hâtent en une perpétuelle farandole.

Dans un coin, les « lautars » ou prétendus tels, bombent le torse, serrés dans leur veste brodée, égrènent en sourdine des rapsodies plus ou moins roumaines.

Les dîneurs sont quelconques : quelques jeunes femmes en jolies toilettes claires, quelques vieilles mistress anguleuses ; les hommes passent inaperçus, fondus dans le même uniforme noir.

Combien je préfère à ce luxe conventionnel et clinquant, à ces gens tristes, éteints, à figures de musée de cire, le cadre et le public de nos restaurants parisiens !

Mais à quoi bon ratiociner ! En somme, le milieu n'est pas déplaisant. Tout m'invite à me laisser vivre, à chasser les préoccupations et les mauvais souvenirs. Je n'ai qu'à m'inspirer de Roger, qui semble jouir de son existence nouvelle avec l'étonnement amusé et l'insouciance heureuse d'un enfant.

Déjà il a fait choix d'une table près d'une baie vitrée.

— C'est la table de M. Barnett ! fit remarquer un maître d'hôtel avec un accent qui en disait long sur l'importance accordé par lui au personnage.

Puis, avec un obséquieux sourire :

— Ici... la table d'à-côté est libre. Ces messieurs seront très bien.

Nous prîmes place.

Bientôt parut ce Barnett, notre voisin. Son entrée suspendit les conversations et le bruit des fourchettes. Il y avait de quoi ! Jamais spectacle plus étrange ne m'avait été offert !

Barnett faisait bien une « entrée », tel qu'on l'entend au cirque. D'abord, lui : un squelette en habit noir. Impossible de tracer un portrait plus exact de son ensemble. Oh ! l'affreuse tête au crâne dénudé, au visage glabre ; et cette peau aux tons d'ivoire, plaquée sur les os ; des orbites effroyablement creuses où luisaient des yeux glauques, sans mobilité, sans expression ; et ces lèvres exsangues, retroussées pour laisser apparaître une double rangée de dents trop blanches. Puis, pour compléter l'effet de hideur, un nez mince, aux teintes violacées, qui, vu sous un certain angle, dessinait un trou dans cette figure blafarde.

Une tête de mort !

Un peu en arrière de ce personnage macabre, venait un petit homme au teint olivâtre, à la mine de chafouin, un métis à coup sûr. Enfin, fermant la marche, un nègre de colossale stature, à l'horrible visage bestial, tout couturé de cicatrices.

Le nègre portait une livrée sombre surchargée d'ornements d'argent, une tenue d'employé de pompes funèbres en grand uniforme. Et, contraste entre le hideux et la joliesse, ses grosses pattes noires tenaient avec respect un plateau de bois de rose surmonté d'un perchoir sur lequel étaient posés deux ravissants colibris, deux bijoux vivants.

Bouche bée, nous regardions cette mise en scène incohérente. La suite du spectacle devait nous réserver de nouveaux étonnements.

Barnett s'était assis devant l'unique couvert. En face de lui, le nègre plaça le perchoir, puis demeura figé à un pas en arrière dans l'attitude d'un valet bien stylé.

Le métis se campa à la droite des oiseaux ; tira d'un étui de cuir, une sorte de petite mangeoire en métal, or ou vermeil. Il plaça cet accessoire de table... d'oiseaux devant les jolies bestioles. Les colibris se mirent à picorer les graines minuscules renfermées dans la mangeoire ; parfois, le métis attentif les y aidait en portant jusqu'à leur bec une fine spatule d'ivoire. Avec une gravité imperturbable, Barnett conduisait son repas parallèlement à celui de ses oiseaux, tout en leur adressant des mots gracieux et des encouragements.

Après un bon moment de stupeur, Roger et moi avions fini par nous sourire des yeux. Puis, entre nous deux, à mi-voix les hypothèses fusèrent :

— Un bateleur.

— Un nécromant.

— Un dresseur de bêtes qui va donner une séance à l'hôtel.

— Un hypnotiseur...

Nous nous trompions. Barnett n'était rien de tout cela. Après le dîner, Etienne qui avait été invité par Livry à prendre le café dans le hall en notre compagnie, Etienne nous révéla la qualité de l'extraordinaire personnage.

Barnett était tout bonnement un américain richissime, doublé d'un original fieffé. Après avoir été un « maître » de l'étrange et redoutable secte des Ku-Kluc-Klan, il faisait partie, paraît-il, d'un de ces clubs de *suicidés* tel qu'il en existe aux Etats-Unis. A dates fixées par des engagements solennels, les membres de ces associations doivent passer dans l'au-delà par des moyens les plus expéditifs.

Oh ! Franklin, oh ! Grant ! oh ! Washington, qu'eussiez-vous dit si l'on vous avait annoncé que quelques-uns de vos descendants devaient sombrer dans ces extravagances morbides !

Barnett, lui, avait encore un an à courir avant l'échéance suprême. Il employait ce temps de grâce à voyager en compagnie des seuls êtres pour lesquels il éprouvât un sentiment *humain*, ses oiseaux.

Il possédait environ deux cents volatiles appartenant aux espèces les plus rares et les plus magnifiques du nouveau monde.

Cette gent ailée occupait les trois quarts de l'appartement de dix pièces retenu pour la saison à l'Impérial Hôtel. A l'aide de treillages, les chambres avaient été transformées en volières. Trois personnes étaient attachées à ce petit monde, un *médecin* d'oiseaux, ce métis que nous avions vu pendant le dîner, et deux nègres ; chaque jour, au gré de sa fantaisie, Barnett « invitait » à dîner quelques-uns de ses jolis pensionnaires.

Ce soir-là, ç'avait été le tour des colibris !

— Quel toqué ! m'écriai-je en haussant les épaules.

— Bah ! chacun est libre, fit Roger avec une sereine indulgence. Celui-là tout au moins ne nuit à personne.

Et par une association d'idées toute naturelle, il revint à l'autre fou, au fou criminel et terrible :

— Ah ! j'ai pensé à Jobert... Je crois avoir trouvé un moyen plus sûr que les recherches de la police pour remettre la main sur lui.

Il tira un papier de sa poche.

— Tiens, lis cette annonce que je compte faire insérer dans les journaux les plus répandus. Dis-moi ce que tu en penses. Je parcourus le papier rédigé en ces termes :

« M. Jobert peut s'adresser en toute con-
« fiance à Roger Livry. Dans l'intérêt de la
« science, M. Livry oublie le passé et in-
« vite son ex-préparateur à s'entendre avec
« lui. »

— Alors, m'écriai-je, tu pactises avec cet assassin !

Roger sourit.

— Bon, te voilà avec tes grands mots. Avant tout, je veux être pratique, mettre Jobert hors d'état de nuire, lui arracher les crocs.

— Et comment ?

— En lui faisant une situation : ou bien, s'il lui en reste, je rachèterai au prix qu'il fixera l'acide et le radium dérobés ; ou bien, je lui offrirai de travailler auprès de moi.

— Auprès de toi ! le meurtrier du père Philippe !

— D'abord, Philippe est tiré d'affaire : à sa sortie de l'hôpital, dans quelques jours, j'en fais un rentier.

— Mais, Jobert, un fou dangereux !

— Dans ce cas, n'est-il pas préférable de l'avoir sous la main ? Vois-tu, je tiens à régler cette question avant que Mlle Tiérard-Leroy devienne ma femme. Ma responsabilité est engagée, après tout !

A part cette confiance effrayante dans l'aboutissement de ses projets matrimoniaux, Roger semblait raisonner juste : à l'analyse, son idée était parfaitement défendable.

— Lance donc ton annonce ! Nous verrons si Jobert se révèle, finis-je par lui dire.

Tout heureux de m'avoir convaincu, Roger m'entraîna au dehors de l'hôtel.

— Cette nuit magnifique invite à la promenade, dit-il. Etienne va nous montrer où se trouve la « villa Blanche ».

Et, très vite, pour m'arracher un soupçon qui pointait déjà :

— Oh ! comprends bien mes intentions ! Si je désire connaître sa demeure, c'est pour être à l'abri d'une indiscrétion involontaire.

Plus bas, il prononça dévotieusement :

— Actuellement, il me suffit de respirer l'air qu'elle respire, cet air chargé d'énivrantes senteurs...

Roger, le froid calculateur, tournait au lyrisme. Je ne pus m'empêcher d'admirer la sincérité touchante de la passion qui le guidait, et aussi la délicatesse parfaite à laquelle il astreignait sa condutie.

Ainsi, ce soir-là, nous ne vîmes que d'assez loin le massif des palmiers et des orangers derrière lequel s'abritait la Villa Blanche. Roger lui-même avait résisté au désir, innocent en somme, de s'approcher de la clôture. C'était comme un terrain sacré où lui profane ne pouvait s'engager sans offenser la divine créature qui avait pris son âme.

Après une muette contemplation, pendant laquelle son pauvre cœur dut chan-

ter un hymne d'amour, mon camarade me ramena vers l'hôtel.

Sous le hall, nous retrouvons le facies macabre de Barnett.

L'américain est à demi renversé dans un rocking-chair. Devant lui, un guéridon surchargé de bouteilles, en partie vides. Ah ! le vilain bonhomme n'est pas au régime de l'eau de fleur d'oranger. Il a fui les rigueurs de l'Etat « sec ». Il se verse des rasades de whisky qu'il mélange avec du champagne.

A notre passage, il fait un effort pour nous saluer et même nous sourire.

Oh ! ce rictus de « la tête de mort ! », c'est à donner le cauchemar !

Roger s'incline courtoisement : dans la phase qu'il traverse, il puise une immense indulgence pour les hommes et les choses. Moi je porte à peine les doigts aux bords de mon chapeau. Il me répugne, cet alcoolique avec son originalité de mauvais aloi. Notre badauderie devrait bien réagir une fois pour toutes contre l'admiration béate de ces soi-disant excentricités anglo-saxonnes. En remontant à leurs sources, on y découvre toujours un détraquement cérébral causé par l'abus des liqueurs fortes.

Et nos amis d'Angleterre et d'Amérique nous ont fait connaître au cours de la grande guerre, *des hommes* véritablement plus dignes de notre admiration !

Quoiqu'il en soit, je voudrais le voir à cent lieues de Biskra, cet homme squelette. Est-ce un pressentiment, Barnett ne me cause plus seulement une impression désagréable. Il me fait peur !

CHAPITRE XIII

DÉBUT D'IDYLLE

Ce qui devait arriver arriva !

Depuis quinze jours, Roger est entré en relation avec les Tiérard-Leroy, et j'ai eu besoin de cette quinzaine entière pour dégager l'impression exacte que m'apporte ce coup de théâtre inattendu.

Inattendu ? A la réflexion, je pouvais au

contraire calculer les chances d'une rencontre à peu près certaine dans un cercle aussi resserré que Biskra.

Elle s'offrit inévitable, au croisement de deux ruelles étroites du Vieux-Biskra.

Nous étions allés jusqu'à cette agglomération de cases en torchis et de murs en boue séchée enclavant des jardins de palmiers : là, à quelques kilomètres du Biskra des touristes, l'on trouve la sensation, très exacte au dire des coloniaux, d'un village du Soudan.

Nous suivions une de ces venelles, où les hauts murs de pisé se prolongent par les branches des palmiers débordant les enclos. Ainsi se forment des chemins d'ombre, profonds, silencieux, pleins de mystère.

Tout à coup, dans une tâche de lumière, qui se plaquait sur le sol à la faveur d'un embranchement de sentes, à deux pas de nous, je vis apparaître l'astronome Tiérard-Leroy et sa fille.

Nous dûmes nous coller au mur pour laisser passer la jeune femme appuyée au bras de son père. J'éprouvais une gêne horrible. Quant à Roger il était pâle comme un mort.

Par une instinctive convenance, nous saluâmes.

D'un geste machinal, le vieillard nous rendit notre salut : il avait les yeux vagues, douloureux, fixés sans doute sur des préoccupations lointaines.

Mme Berjac, elle nous dévisagea, avec une tranquille et gracieuse assurance.

Pourtant, en découvrant Roger elle éprouva un choc. Une teinte rose apparut à ses pommettes. Elle s'appuya plus fortement au bras de son père. Puis après être passée, blanche et frêle, elle se retourna encore.

Et je vis qu'elle parlait au vieillard avec animation.

Roger continuait de s'archouter au mur de terre, sans doute pour ne pas tomber. Le prenant doucement sous le bras, je l'emmenai.

— Mon Dieu ! comme je l'aime, murmura-t-il dans un souffle.

Qu'elle est belle !

Oui, plus que belle, touchante. Elle m'était apparue telle que l'imagination de Dante évoqua l'ombre de Béatrice marchant parmi les fleurs des jardins éter-

nels.

Je ramenai mon camarade en dehors des damiers d'ombre, vers l'éblouissante lumière du grand soleil.

Nous nous disposions à cheminer doucement dans la direction de Biskra, lorsque derrière nous, une voix légèrement chevrotante se fit entendre :

— Pardon, Messieurs...

En nous retournant,, nous nous trouvons face à face avec M. Tiérard-Leroy.

Cette fois, il s'adresse personnellement à Livry :

— Vous excuserez, monsieur, une démarche sans doute inconséquente, quand vous la saurez dictée par une malade qui m'est bien chère, ma fille.

— Couvrez-vous, monsieur, fit mon ami avec une profonde déférence, en s'apercevant que le vieillard demeurait tête nue. Le soleil...

— Le soleil ne brille plus guère pour moi, répliqua l'astronome avec un triste sourire.

Il remit son panama à larges bords.

— Je disais donc, que ma fille, Mme Berjac, sans doute suggestionnée par une illusion de malade, croit reconnaître en vous une personne qui lui sauva la vie, l'été dernier au camp de Châlons... Elle restera rongée par ce souci tant qu'elle ne saura pas pertinemment que ses souvenirs l'abusent.

Et d'une voix plus tremblée, le père ajouta :

— Or, monsieur, l'état de santé de mon enfant lui interdit toute préoccupation. C'est pourquoi vous me voyez devant vous.

...Pendant que M. Tiérard-Leroy prononçait ces paroles, anxieux, je guettais Roger.

Il se mordait les lèvres jusqu'au sang. Puis, il parut faire un immense effort pour reprendre pleine possession de lui-même. Il y réussit.

— Monsieur, dit-il, avec un accent de parfaite modestie, Mme votre fille ne s'est pas trompée. C'est bien moi qui, au camp de Châlons, en août dernier, ai fait un geste impulsif, bien naturel, dans le but de lui éviter un accident grave.

L'astronome saisit les mains de Livry ; il balbutiait :

— Vous... Vous... l'Inconnu, celui dont elle m'a tant parlé... Monsieur voudrez-vous me dire votre nom ?

— Roger Livry.

Le vieillard passa la main sur son front, à la recherche d'une réminiscence ; mais la lueur s'éteignit aussitôt.

Le nom de Livry ne lui rappela rien...

Je préférais que cela fût ainsi !

Il se présenta à son tour. Puis, d'une voix aux inflexions suppliantes :

— Monsieur Livry, puis-je vous demander une grâce ?

— Je vous en prie.

— Je crois... je suis sûr que ma fille serait heureuse de vous remercier elle-même... Excusez-moi, mais je cherche tout ce qui peut aider à sa guérison. Elle a passé par de si rudes épreuves... Or cette légère satisfaction... Elle est là, tout près, dans notre voiture...

— Vos désirs et ceux de Mme votre fille sont pour moi des ordres. A mon tour, je serai très heureux de la saluer.

« Mais que Mme Berjac n'exagère pas la reconnaissance qu'elle croit me devoir. A Châlons, je suis arrivé avant les autres. Toute ma chance est là !

Je demeurais émerveillé devant la bonne grâce, le tact, l'urbanité de mon ami. D'un pas délibéré, il suivit M. Tiérard-Leroy. A cinquante mètres, derrière une haie de cactus, la voiture attendait.

Que dire de l'expression de joie profonde qui illumina le pâle et charmant visage de Mme Berjac lorsqu'on lui ramena son « sauveur ». Dans cette joie, il y avait sans doute un peu du contentement d'avoir si bien deviné, retrouvé *cet Inconnu*, flottant dans son souvenir à l'état d'une énigme, tantôt douce, tantôt irritante. Il y avait peut-être quelque chose de plus !

La pauvre petite entrait dans cette phase terrible de la tuberculose, où la vie veut s'épanouir quand même, hâtivement, parce qu'elle se sent menacée à brève échéance.

J'ai lâché le mot affreux. Hélas ! il était écrit sur son front de cire, gravé dans les veines trop bleues de ses mains diaphanes.

Pour confirmer les lugubres présages que je formais dès le départ de Paris, point même n'était besoin de cette toux de gorge qu'elle cherchait à étouffer dans son mouchoir de dentelles.

Elle allait mieux, avait-on dit. Un mieux tout relatif, qui accompagne d'ordinaire la réaction consécutive à un changement de climat.

Dès le premier coup d'œil, j'emportais la cruelle certitude, qu'à moins d'un miracle, elle était perdue.

Quant à Roger, durant cette présentation première, il demeura le galant homme, plein de réserve et de prévenance qu'il était devenu.

Comment parvint-il à juguler la dévorante passion qui l'embrasait ?

Sans doute en développant une force inouïe de sa volonté. Comment, d'autre part, ne fut-il pas frappé de la mortelle langueur répandue sur le visage de la frêle créature ?

Peut-être avait-il élevé son amour dans des sphères tellement radieuses que ses yeux éblouis ne discernaient plus rien.

Mais moi *qui voyais*, je fus glacé d'une horreur tragique, lorsque Roger me dit me montrant du doigt le nuage de poussière soulevé par la voiture emportant Mme Berjac :

— Ah ! mon ami. Je suis bien heureux !

. . . .

J'ai parlé de miracle.

Le miracle va-t-il se produire ?

Voici deux semaines que Roger est l'hôte assidu de la Villa Blanche, et Mme Berjac semble renaître à vue d'œil. La présence du « sauveur » a apporté un peu de joie dans cette demeure qui semblait vouée à la désolation.

La charmante femme cause, s'agite, se reprend à vivre, à espérer.

Et Roger a une façon si délicatement exquise de faire sa cour !

Dans ses expressions, dans ses regards, il n'y a rien de la légèreté déplacée d'un flirt.

Pas davantage, il ne tient ce rôle de beau ténébreux ; il a pu éviter le romantisme un peu ridicule de l'amoureux transi. Plus simplement, il s'est fait l'ami.

Devant la chaise-longue du jardin, où la convalescente encore dolente est étendue, il cause de choses frivoles ou sérieuses ; il est gai sans éclat, attentionné sans insistance. Ses récits intéressent, et s'arrêtent à temps pour ne pas fatiguer.

Vis-à-vis de M. Tiérard-Leroy, Roger se montrait d'une déférence, d'une modestie, d'une affabilité, admirables chez un savant de sa trempe. Car chacun sait cela, deux savants en présence tombent vite dans des controverses qui dégénèrent en disputes !

Ici, rien de semblable ! A la surprise un peu incrédule du directeur de l'Observatoire, Roger s'était offert à l'*aider* dans ses calculs astronomiques ; car le brave homme n'avait eu garde d'installer sur la terrasse de la villa une lunette pour fouiller à loisir ce ciel toujours pur.

Et la joie de l'astronome égala sa stupéfaction lorsque cet inconnu de la veille, non content d'apporter l'espérance dans l'âme de sa chère malade, se mit à lui résoudre en se jouant les problèmes les plus compliqués.

Cette stupéfaction se changea en admiration profonde, quand, petit à petit, Roger lui révéla ses théories et ses travaux sur l'acide Oméga. Quelques expériences de laboraoire effectuées à l'aide de l'extraordinaire acide achevèrent de convaincre l'éminent astronome de l'immensité de la découverte.

Le vieillard fut tellement frappé que le lendemain, il s'en ouvrit à moi :

— Ah ! monsieur ! monsieur ! mais qu'est donc votre ami ! Une première fois, il sauve ma fille ! Aujourd'hui, il semble lui rendre encore la vie comme s'il lui versait un philtre mystérieux. Maintenant, le voici en mesure, il me l'a prouvé, de révolutionner la face du monde !

Et se prenant la tête dans les mains :

— Voyez-vous, à force de vivre dans le commerce des étoiles, à force de scruter l'Infini, l'on devient quelque peu visionnaire, l'on prend l'âme d'un mage. Or, votre camarade m'émerveille et m'épouvante tour à tour. Je vois en lui un ange descendu du ciel, un être surnaturel incarnant des forces formidables, inconnues à notre humanité. Mon Dieu ! qu'il protège ma fille !

Par des paroles convenables je calmai l'exaltation du vieux savant : je me gardai bien de lui signaler les terribles antécédents de « l'ange ». A quoi bon, maintenant que l'Homme de l'Apocalypse était devenu un homme comme les autres !

A l'heure actuelle, Roger se montrait maître absolu de sa volonté et de son bon sens.

J'en arrivai à cette conclusion : Roger avait subi l'été dernier une crise passa-

gère, dont aucun symptôme ne subsistait plus. La guérison pouvait donc être considérée comme radicale et définitive.

Après cela, il ne me restait plus qu'à m'associer de tout mon cœur aux projets d'avenir de mon excellent ami, à soutenir sa joie et sa confiance.

Un seul nuage — décidément, je ne parviendrai jamais à les chasser tous ! — Roger a fait la connaissance de l'affreux Barnett. Le premier contact s'est opéré à la faveur d'un pari absurde que nous avons fait perdre sans le vouloir à l'américain. Car ce maniaque a la furie de parier à tout propos, chaque fois qu'il rencontre des gens assez stupides pour relever ses défis incohérents. Et il en trouve ! Quand il n'en trouve pas, il se rabat, paraît-il, sur ses domestiques et son *médecin d'oiseaux*.

Bref, le troisième soir de notre arrivée, alors que nous étions à table, la Tête de Mort s'approcha de nous, et sans autre préambule :

— Je dois mille dollars, messieurs.

Etonnés, nous attendons qu'il veuille bien préciser.

— Je dois mille dollars, parfaitement ; vous me les faites perdre.

Qu'est-ce qu'il nous chante ? Je le soupçonne d'être ivre.

— Je dois mille dollars, répéta pour la troisième fois le bonhomme, parce que j'ai parié avec le maître d'hôtel qu'aucun voyageur ne consentirait à rester mon voisin de table plus de cinq repas... et je paye en conséquence. Or, le sixième repas commence, vous êtes là.

« J'ai perdu le pari... Je vous remercie, messieurs.

Et s'inclinant avec toute la grâce dont il était capable, il alla prendre sa place.

— Il est amusant ! déclara Roger.

— Tu trouves ? Moi, j'ai horreur des pochards !

Il eut un sourire d'indulgence.

— Comme tu es sévère ! Ce pauvre homme noie peut-être dans l'alcool le chagrin qu'il a d'être si laid.

Depuis ce temps, bon gré mal gré, il me fallut subir les saluts et les sourires de la Tête de Mort et échanger avec lui les propos de politesse banale.

Mais, alors que Roger était déjà un assidu de la Villa Blanche, une circonstance le plaça en relation plus intime avec l'amé-

C'est un sabat de démoniaques, une vision d'enfer... (page 54)

2

ricain. Un soir, nous admirions les deux merveilleux colibris qui étaient *de service* à la table de notre étrange voisin.

En réponse à un compliment de mon ami, Barnett prononça :

— Ils vous plaisent, et vous, vous plaisez à moi. Je vous les donne.

— J'accepte avec reconnaissance, si vous me permettez d'en disposer en faveur d'une dame amie.

— Je vous les donne, répéta l'américain.

Le lendemain, les deux ravissants oiselets arrachaient des cris de joie à Mme Berjac.

— Rends-lui cette justice, me dit Roger à notre retour à l'hôtel, ce Barnett, que tu ne peux souffrir, n'est pas un méchant homme. Et moi je songe, aux moyens propres à le guérir de sa folie du suicide.

— Tâche de l'empêcher de boire, grommelai-je. Hier soir encore il était ivre-mort !

— Allons ! tu deviens intraitable comme un membre d'une ligue de tempérance. Moi, je serai désolé qu'il arrivât malheur à cet original inoffensif.

Non, malgré tous les raisonnements, Barnett me demeurait foncièrement antipathique ; je ne pouvais m'habituer à son épouvantable visage. Je ne traversais pas comme Roger, une phase de tendresse universelle.

— Enfin, tu n'es ni méchant, ni entêté, concéda Roger. Je t'ai bien convaincu pour Jobert, à la longue je détruirai tes préventions vis-à-vis de Barnett...

Comme au fond, je demeurais sensitif ! Le nom de l'ex-préparateur jeté dans la conversation m'apporta un malaise.

En cet instant d'ailleurs, l'inventeur de l'acide Oméga se souciait fort peu de Jobert. Il ne vivait plus que dans son amour. Perdant la terre de vue, il se laissait porter à pleines voiles vers le pays du Tendre.

CHAPITRE XIII

LA JOURNÉE DE LA JOIE

Oh ! la belle, l'inoubliable journée !

Ce matin-là, comme à son habitude, Roger avait été prendre des nouvelles de Mme Berjac, un peu après la visite quotidienne du médecin.

Avant le déjeuner, il vint me retrouver dans le jardin du Casino ; il exultait :

— J'ai vu le docteur, s'écria-t-il du plus loin qu'il m'aperçut. Il lève toutes les consigne : désormais, Hélène n'est plus pour lui une malade, à peine une convalescente. Il ne viendra plus que deux fois par semaine : il autorise le tennis, le piano, les promenades en ville, bref, toutes les distractions dont la pauvre petite était privée.

A partir d'aujourd'hui, elle reprend la vie de tout le monde, et, pour commencer, nous allons tantôt aux courses de Biskra !

Je ne pus que me réjouir avec mon ami : les indications du médecin dissipaient mes dernières inquiétudes.

Tous deux, nous pûmes donc mettre nos cœurs à l'unisson des échos de la fête qui commençait. Car dans la cité saharienne, les courses sont devenues une solennité qui agite tout le désert aux alentours.

Déjà, depuis le matin, les chefs arabes caracolent à travers la ville, suivis de leurs goums.

Les trains déversent les voyageurs venus de Constantine : burnous blancs, uniformes de zouaves et de tirailleurs tranchent heureusement parmi la foule européenne.

Au milieu du brouhaha nous nous dirigeons vers le déjeuner.

Nous mourons de faim !

A table, Livry se montre joyeux comme un écolier en vacance. Pour faire plaisir à Barnett, il parie deux mille francs que la première femme qui entrera dans le restaurant sera une blonde.

Tableau ! C'est une négresse !

Dans un éclat de rire, il paya ses deux mille francs, et le champagne par dessus le marché.

Je me laisse entraîner par cette joie de gamin. Je me sens un peu ivre, ivresse de contentement intime, de quiétude morale, et aussi de délivrance. Très égoïstement peut-être, je songe que Roger n'a plus besoin de moi : bientôt, je vais pouvoir retrouver mon petit logis du quai des Grands-Augustins, mes chers livres, mon lycée ! Je vais reprendre ma vie !

Je me laisse flotter parmi ces douces pensées, tandis qu'un landau nous emporte vers la Villa Blanche, où nous devons prendre M. Tiérard-Leroy et sa fille.

Mme Berjac paraît sur le seuil de la

porte. Elle fait plaisir à voir.

Le lys est devenu une rose. Son teint a perdu ce ton cireux qui me serrait le cœur. Cette fois, le sang court sous la transparence de la peau. La figure est plus pleine, les lèvres sont rouges, les yeux enfin ont cette expression de bonheur et de vivacité qui paraît certifier un complet retour à la santé.

Notre équipage stoppe à l'entrée du pesage. Roger offre sa main à la jeune femme pour descendre, puis son bras pour la conduire jusqu'à la tribune. Ils forment un joli couple, que tout le monde regarde.

Je m'abandonne à la griserie du spectacle.

Eux, comme ils étaient loin du champ de courses de Biskra !

Les courses sont terminées, la cohue multicolore se disloque dans un tohu-bohu indescriptible.

Nous remontons en voiture, nous reprenons le chemin du retour.

Mais, ils ne veulent pas qu'elle soit finie si vite cette première fête de leurs cœurs.

— Père, si ces messieurs voulaient nous faire le plaisir de dîner ce soir avec nous ?

Mme Berjac avait lancé cette phrase avec une innocence primesautière qui marquait adorablement la préméditation certaine.

Chez Roger, ce fut la comédie mondaine des protestations d'usage, la crainte de déranger, le souci de ne pas imposer une fatigue à l'hôtesse. En fin de compte nous acceptâmes.

Le dîner fut ce que peut être un repas d'intimité charmante.

Ensuite nous passâmes sous la vérandah pour prendre le café.

Sur la prière instante de son père, Mme Berjac consentit à demeurer au salon : malgré la douceur de la température, le vieillard redoutait pour elle l'humidité du soir.

Tandis que nous grillons une cigarette, la jeune femme s'est mise au piano. En sourdine, ses doigts égrènent une mélodie délicieusement mélancolique : je reconnais le nocturne de Chopin.

Roger a cessé de parler, puis de fumer. Sans s'en douter peut-être, il se lève, il marche vers le salon d'un pas de somnambule — la musique l'attire, l'hypnotise. A la faveur de la baie entr'ouverte, je le vois accoudé contre l'angle du piano.

Puis la mélodie se tait. Les jeunes gens se causent. M. Ti'rard-Leroy et moi nous sommes restés enfoncés dans nos fauteuils de rotin, en contemplation devant la nuit magnifique. L'astronome paraît heureux.

A mi-voix, il me dit le soulagement immense, définitif que lui apporte la journée qui vient de s'écouler. Il me confie quelles avaient été ses transes et ses angoisses, depuis que son ami Destulle, le grand spécialiste des maladies de poitrine, lui avait laissé entendre la gravité de l'état de son enfant, conseillant le voyage de Biskra comme un moyen in-extremis. Puis, en matière d'excuse de cette idylle qui se nouait si rapidement, trop rapidement pour les convenances du monde, il me raconta l'histoire du mariage de sa fille avec le lieutenant Berjac. C'était une de ces unions arrêtées depuis longtemps par les familles entre des amis d'enfance ; un dernier vœu exprimé par sa femme morte trois ans auparavant. Imprudente peut-être, cette façon d'unir deux destinées avec des liens formés par la passivité d'esprit et l'accoutumance !

Certes, la pauvre enfant avait été remuée par le tragique trépas de son mari, au point qu'elle avait failli en mourir : mais cette douleur était plutôt d'une sœur que d'une amante.

A mon tour, je fis l'éloge de Roger, de son cœur d'or ; je touchais un mot de sa magnifique situation de fortune. Puis, sur ces confidences mutuelles nous rentrâmes au salon.

Roger et Hélène ne se parlaient plus : ils se tenaient la main.

Ils eurent la superbe fierté des âmes pures : à notre arrivée, ils ne firent pas un mouvement pour dénouer l'étreinte, ils se dispensèrent de rougir et de baisser les yeux.

Leurs deux visages rayonnaient d'un bonheur calme, forgé de certitudes.

— Allons ! Roger, dis-je d'un ton d'affable autorité. Il se fait tard. Il ne faut pas abuser de l'amabilité de Mme Berjac.

Il eut un bon sourire.

— Tu as raison, mon mentor.

Avec sa correction ordinaire, sans fadeur, sans niaiserie, il prit congé de la jeune femme.

— A demain !

— A demain !...

*Sur cette terre, jamais plus il ne devait
la revoir !*

CHAPITRE XIV

LA JOURNÉE DU MALHEUR

Hélas, la journée des larmes devait suivre la journée des joies !

Le lendemain, à la première heure, Roger fut debout. Plein d'une ardeur juvénile, il s'occupa de réaliser un désir exprimé la veille par Mme Berjac.

Nous courûmes tous les magasins pour trouver un jeu de tennis.

Ce fut en vain : les bazards de Biskra possèdent bien les articles de la bimbeloterie spéciale aux pays d'orient, vases de cuivre, tapis, gazes brodées, etc.., — qui viennent d'ailleurs de Lyon en ligne directe, — mais pour se procurer un jeu de tennis, il fallait le commander à Constantine ou même à Alger.

— C'est ennuyeux, fit Roger. Hélène aurait pris plaisir à jouer cet après-midi.

— Bah ! dis-je, partie remise à quarante-huit heures.

— Je veux au moins l'en prévenir ! Aucune déception, si menue fut-elle, ne doit lui être causée par moi.

— Parfait ! plaisantai-je. Tu seras un mari modèle.

A défaut d'un tennis, il ravagea les serres d'un horticulteur pour faire confectionner une merveilleuse gerbe de camélias.

Puis, après avoir jeté quelques mots sur une carte, un peu avant le déjeuner, il chargea Etienne de porteur fleurs et billet à la Villa Blanche.

Un quart d'heure après, le gamin était de retour. Et Roger avec l'impatience commune à tous les amoureux :

— Eh ! bien, Mme Hélène t'a-t-elle fait un bon accueil ? Que t'a-t-elle dit ?

— Je ne l'ai pas vue. Elle n'est pas descendue ce matin. Elle est légèrement souffrante.

Comme il convient, je calmai la vive contrariété éprouvée par mon ami.

— Un peu d'émotion et de fatigue. Après une journée comme celle d'hier, il fallait s'y attendre.

— Oui, concéda Roger. C'est une leçon.

Sans en laisser rien voir, j'étais inquiet. Et Tourte profitant d'un instant où je fus seul, me jeta à l'oreille une brève nouvelle qui transforma mon inquiétude en angoisse.

— Ah ! monsieur Paul, ça ne va pas à la Villa ! A la fin de la nuit, Mme Hélène a été prise d'étouffements... Le médecin ne la quitte plus...

Pendant le déjeuner, Livry chercha à masquer les soucis qui le dévoraient : je m'en aperçus à la volubilité de sa conversation. Sans transition, il passait d'un sujet à un autre, s'étourdissant par un flux de paroles, la pensée absente, car il ne répondit même pas aux quelques questions que je lui posais. Au sortir de table, nous nous rendons à la Villa Blanche.

M. Tiérard-Leroy descend lui-même pour nous recevoir : il a la tête branlante, les yeux hagards. Sa voix tremble.

— Ah ! mes amis... mes amis... Elle n'est pas bien... de la fièvre... un crachement de sang. Le docteur n'y comprend rien. Hier tout lui semblait si normal ! J'ai télégraphié à Alger, à Chanel, un spécialiste... et aussi à Tunis où le professeur Maggio, le médecin du roi d'Italie, se trouve, paraît-il, de passage. Je les supplie d'accourir... Espérons que c'est une alerte sans suite... Espérons !

Le vieillard étendit les bras avec un jeu de physionomie qui démentait son appel à l'espoir.

Atterrés, nous quittons la Villa.

Jusqu'à cinq heures, Roger erre à travers la ville, et moi à ses côtés : cette course sans but nous procure le temps moral après lequel nous pouvons sans insistance gênante revenir aux nouvelles.

Elles ne sont pas bonnes. La pauvre petite vient d'avoir une syncope : elle n'en est sortie que pour retomber dans une fièvre ardente.

Roger ne dit rien. Mais sa douleur muette est farouche. Oubliant l'heure du dîner, nous reprenons notre randonnée au hasard des rues qui s'ouvrent devant nos pas. Il nous serait impossible d'attendre à l'hôtel la marche est une façon d'user nos nerfs.

Roger a des mouvements de violence.

des crispations, qui rappellent les mauvais jours de l'an dernier. Parfois, de grosses larmes roulent sous ses paupières. Mais par exaspération de son amour-propre il maîtrise le désespoir qui l'étreint.

A plusieurs reprises je l'entends murmurer :

— Non, cela est impossible... Cela ne sera pas... Je ne veux pas !

Deux fois encore dans la soirée, à neuf heures et à minuit, nous revenons à la Villa. Chaque fois, en franchissant le seuil, une indicible angoisse m'étreint, tant je sens le malheur planer à l'entour.

S'il s'était produit !

Il n'en est rien. Mme Berjac s'est assoupie, la fièvre ayant reculé devant des injections de quinine... Cette prostration qui succède à la crise ne me dit rien qui vaille.

Roger a refusé de rentrer à l'hôtel.

Il a voulu s'asseoir au bord d'un fossé, tout près de la Villa Blanche.

La tête prise dans ses mains, il reste là.

Il songe et il pleure : parfois aussi, et c'est plus affreux, il ricane.

Mon Dieu ! que vais-je faire du malheureux si la fatalité suit son cours !

A l'aube, il consent à me suivre sur l'assurance que rien n'est changé dans l'état de la jeune femme. Rien n'est changé, à part qu'elle s'affaiblit d'heure en heure, d'après ce que me rapporte Etienne qui se tient à demeure dans l'office de la Villa. Mais je n'ajoute pas ce détail.

Les deux praticiens mandés par M. Tiérard-Leroy sont arrivés cet après-midi par le train de 4 heures. Immédiatement, nous courons à la Villa.

Dans ce salon, où flotte partout la présence de celle qu'il aime, Roger attend le résultat de l'ultime consultation.

Les bras croisés, la tête basse, il marche comme une bête en cage.

Il s'approche du piano où s'échangea le premier serment, et recule, comme frappé d'un coup au cœur ; sur le pupitre, il a reconnu ce Nocturne de Chopin, qu'elle jouait l'avant-veille.

Il revient vers la porte entrebâillée : il recule encore, pris à la gorge par cette odeur fade et âcre tout à la fois, éther, alcool camphré, créosote, cette odeur des maisons où l'on agonise.

Enfin, un bruit de pas se fait entendre dans l'escalier.

En silence, les médecins descendent, suivis de M. Tiérard-Leroy qui les accompagne jusqu'à la porte.

D'où nous sommes, nous assistons à une terrible mimique, autrement expressive que les paroles ! Les docteurs serrent avec effusion les mains du père ; ils gardent les yeux baissés, ils inclinent leur science devant cette douleur navrante. Ils sont partis, et l'astronome est resté là, effondré sur la banquette ; il sanglote avec des hoquets... Elle est affreuse à contempler l'affliction de ce vieillard qui pleure comme un enfant.

Pourtant il faut nous approcher. Je prends Roger par le bras, je le pousse dans le vestibule.

Notre présence arrête l'excès des larmes. M. Tiérard-Leroy secoue la tête, et d'une voix lointaine, murmure comme à la cantonnade :

— Ma chère petite... Encore quelques heures, et tout sera fini... Une pneumonie à marche foudroyante... Elle vient d'entrer en agonie.

Et s'adressant à Roger, il haussa le ton, enfermant dans son cri une rage, un blasphème et un reproche :

— Et dire que rien... personne ne peut la sauver... pas même Dieu !... pas même vous !

Puis, épuisé par cet effort de violence, d'un ton subitement radouci :

— Elle vous aimait : avant de perdre connaissance, elle a voulu vos fleurs sur son lit, tout près d'elle... Désirez-vous la revoir ?

— Non !

L'exclamation de Roger jaillit rauque, brutale, et aussi, déchirante.

Et sans saluer le père désolé, sans un mot de condoléance, il s'enfuit au dehors.

J'eus à l'adresse de l'astronome un geste et un regard qui suppliaient le pardon, la pitié en faveur de l'égaré, et quittant à mon tour la villa lugubre, je me jetai sur les traces de Livry.

Je le rejoignis à l'hôtel.

Il s'était enfermé dans sa chambre, voisine de la mienne. A travers la porte, j'entendais le sifflement de sa respiration haletante, et aussi le crissement de sa plume courant sur le papier. Fièvreusement, il écrivait des lettres.

J'eus la pensée affreuse qu'il rédigeait

ses dernières volontés, qu'il avait cette fois formé le projet d'en finir avec l'existence. Un fait me rassura : sous la main, il n'avait pas d'armes, pas de rasoir, rien qui put lui procurer un moyen immédiat d'attenter à ses jours.

Tout près de la cloison, je demeurai donc aux écoutes, prostré dans un fauteuil.

Il était sept heures, lorsqu'un léger tapotement se fit entendre à ma porte.

J'allai ouvrir.

Devant moi apparut le petit Tourte, les yeux pleins de larmes.

Un long instant, l'enfant resta sans articuler un mot, les sanglots lui serraient la gorge ; enfin il balbutia :

— Elle est morte !

Je mis un doigt sur ma bouche, en désignant du regard la chambre de Roger.

— Oui, monsieur Paul, mais... il faudra toujours bien qu'il sache. Alors, que va-t-il faire ?

Ah ! je remis à plus tard l'examen de cette terrible question : chez moi aussi les idées étaient brouillées.

Je me rejetai dans mon fauteuil et je pleurai éperdûment, tout mon saoûl. Je pleurai sur la pauvre petite fleur fauchée, je pleurai sur Livry, je pleurai sur moi...

Mon chagrin fut troublé par la brusque ouverture de la porte de communication.

Mon ami était devant moi. Son calme de glace, sa pâleur livide me parurent effrayants. Je crus mal voir... Mais non... Il avait revêtu son smoking ! Il me regarda avec une expression indéfinissable où je lus de la colère et du mépris, puis d'une voix brusque :

— Tu pleures ?... Qu'attends-tu pour t'habiller... La cloche du dîner a sonné.

Entendais-je bien ? Roger prétendait dîner dans l'éclat des lumières et des fleurs, aux accords des violons... quand tout près son aimée, rigide sur un lit blanc...

Malgré tous les ménagements que je m'étais promis de garder, je ne fus pas maître d'une révolte.

— Tu parles de dîner en bas avec tout le monde... Mais tu ne sais pas...

Il m'interrompit par un ricanement furieux.

— Mais si, je sais... j'ai su avant toi. Elle est morte exactement à 5 heures 40. A cette minute précise, mon cœur a éclaté, ma vie terrestre s'est arrêtée là... Des im-

béciles te diront que c'est de la télépathie : les ânes ! ils ne savent rien que des mots... Mais, si je n'ai plus de cœur, j'ai encore un estomac. Pendant quelque temps du moins, je serai bien forcé de le satisfaire.. Ce soir, j'ai une faim !

Ces paroles entrechoquées me firent frémir.

Elles ouvraient mes yeux à la vérité que j'avais été assez simple, assez coupable pour laisser s'obscurcir.

Roger n'avait jamais cessé d'être fou !

Pendant quelques mois sa démence simplement sommeillait, s'était manifestée sous une autre forme. Elle existait toujours, et aujourd'hui à la faveur d'une secousse affreuse elle s'éveillait à nouveau plus violente, comme un volcan qui revient à l'activité après un long repos !

Roger fou, je savais de quoi il était capable. Heureusement, j'avais pris mes précautions. Son règne de terreur était fini.

Maintenant, l'Homme de l'Apocalypse faisait place à un pauvre aliéné, ni plus ni moins dangereux que tous les autres et digne d'une immense pitié.

Infortuné Roger, ma pitié ne lui faillira pas !

Mais, pour le moment, ma tête et mon cœur chavirent. Je ne me sens pas la force de le suivre au restaurant.

— Excuse-moi pour ce soir, lui dis-je d'un ton dolent. J'ai une migraine atroce !

— A ta guise !

Sur ce mot bref, Roger sortit.

Quelques temps encore, je demeurai anéanti dans mon fauteuil.

Puis, tout à coup, le sentiment d'un devoir à remplir me dressa debout. Il me parut convenable d'aller porter mes condoléances au vieillard qui pleurait là-bas tout seul ; également, c'était une charité de me mettre à sa disposition dans ces circonstances cruelles. Roger avait l'excuse de sa folie. Moi aucune !

Je descendis pour me rendre à la Villa Blanche. En passant devant le restaurant, je jetai un coup d'œil à travers les vitrages. Ce fut pour recueillir une impression pénible. Roger achevait de dîner à la table de Barnett. Les deux hommes échangeaient des propos avec une animation pleine d'entrain.

Je m'enfuis.

A la triste maison, je trouve M. Tiérard-

Leroy en conférence avec un homme tout habillé de noir, qui porte stéréotypé sur son visage ce navrement conventionnel des employés funèbres.

Jadis, à travers des larmes, j'ai vu de ces figures glisser autour de moi au moment de la mort de ma pauvre mère !

Dès qu'il est libre, l'astronome vient vers moi, les mains tendues.

— Merci ! Merci ! vous êtes bon... Et M. Livry ?

Je représente mon camarade terrassé par une telle douleur qu'il menace de devenir fou, hors d'état de m'accompagner. Pieux mensonge !

— Pauvre garçon ! murmure le vieil homme, les épaules courbées, écrasé sous son immense malheur. Et d'un accent très doux presque tendre, il murmure :

— Voulez-vous la voir ?

Il est des cruautés auxquelles on ne se dérobe pas !

Je la revis, la pauvre et charmante créature. Nouvelle métamorphose, la rose était redevenue lys, un lys si blanc, si pur, que je tombai sur les deux genoux. Dans une expression souriante figée par la mort, elle semblait dormir. Entre ses mains nouées, on avait disposé la gerbe de camélias de Roger Livry. Oh ! ces lèvres souriantes, qui demain seraient voilées par un suaire !

Je me retirai, le cerveau vide de sensations, le corps brisé comme à la suite d'un immmense effort. Pareil à ces bœufs balourds qui abandonnés à eux-mêmes, regagnent leur étable, je me retrouvai sur le seuil de l'Impérial-Hôtel.

Mais en pénétrant dans le hall, je fus offensé par un spectacle inouï, épouvantable, odieux.

La face enluminée, le verbe haut, Roger sablait le champagne en compagnie de Barnett !

Il m'aperçut, courut vers moi, et me poussant par les épaules avec une violence et une force comme seuls en possèdent les hystériques dans leurs crises :

— Tu arrives bien... Nous sommes en train de rire !

Et l'autre, l'affreux Barnett, de reprendre dans son jargon transatlantique :

— All right ! Rien de plus « perfect-ment » joyeux garçon que Master Livry ! Il vient de parier contre moi un million de votre argent qu'avant huit jours, Biskra connaîtrait la gelée !

— Un million ! m'écriai-je presque malgré moi.

— Yes !

Et avec l'insolent orgueil de ces parvenus d'Amérique il ajouta :

— Aoh ! je pouvais tenir plus. Demandez ! Barnett de Cleveland, *vaut* cinquante millions de dollards !

L'horrible personnage fit entendre un ricanement démoniaque auquel Roger mêla son rire strident.

Entre ces deux hommes, je demeurai anéanti, énervé, impuissant.

Puis, Roger m'interpellant à son tour :

— Tu ne bois pas ?

Et comme traversé d'une lueur :

— Ah ! je devine... la morte !

« Tudieu ! fais comme moi, je ne pleure pas !

Sa voix se fit sourde, menaçante, prophétique :

— Nous lui ferons, je te jure, de belles funérailles !

CHAPITRE XV

LE VENT DE LA FOLIE

Longtemps, longtemps, je demeure sur le quai de la gare de Biskra, regardant s'en aller le train qui emporte le cercueil d'Hélène Berjac.

Sans pompe et sans bruit, part vers le Nord la petite victime de l'impitoyable destin : ainsi l'a voulu le père.

Il a refusé d'étaler le spectacle d'un cortège de deuil devant les curiosités indifférentes d'étrangers. Comme je le comprends ! Seul, avec un général retraité, un camarade de promotion de Polytechnique de M. Tiérard-Leroy, j'ai accompagné le vieillard à la première station de son calvaire.

Livry n'est pas venu !

Et l'âme noyée d'amertume et de tristesse, je continue à suivre des yeux la chenille noire des wagons qui rampe vers les confins plus sombres de la plaine ensoleillée.

Le train a disparu dans la buée, estompant la limite de l'horizon nord.

Je m'en vais. Je me sens effroyablement seul et abandonné. Ce pays, qui m'avait conquis et charmé, me paraît maintenant farouche et hostile. Comment, quand en sortirai-je ? Quelle résolution arrêter vis-à-vis de Roger ?

A mon retour à l'hôtel je le trouve en plein travail.

— Je m'occupe de dresser mes batteries pour gagner le million de Barnett, me glisse-t-il à l'oreille d'un ton de confidence.

Aucune allusion d'ailleurs à l'effroyable drame qui vient de traverser sa vie, une indifférence complète à l'égard du dernier et triste chapitre qui clôt l'idylle de la Villa Blanche. Je ne puis lui en vouloir, pas plus que de sa scandaleuse attitude au soir de la mort de Mme Berjac.

Hélas ! il est irresponsable, et s'il existe un répondant dans cette horrible aventure, c'est moi !

Sans paraître s'apercevoir de ma présence, Roger poursuit sur la terrasse des manipulations analogues à celles dont j'ai été témoin dans la masure de Mourmelon. Heureusement, il ne dispose que d'une très faible quantité de radium, trop faible à mon sens pour produire un résultat appréciable.

Pourtant, la première expérience m'a prouvé que je devais me tenir prêt à tout événement. Au besoin, j'enlèverai, je cacherai les cuvettes à photographie dans lesquelles il mixture son épouvantable composition.

Mais à eux seuls, ces soupçons et ces inquiétudes me dictent mon devoir. L'heure est venue de mettre Roger dans l'impossibilité absolue de nuire à lui-même et aux autres.

Le priver de l'usage de ses capitaux n'est qu'un palliatif : il faut l'assurance complète, et cette assurance ne peut être obtenue que par cette extrémité affreuse mais nécessaire, son internement.

N'est-ce pas d'ailleurs la seule façon de lui donner les soins que comporte son état ?

Dès ce moment, je pris le douloureux parti.

Hélas ! l'attitude de Roger pendant les jours qui suivirent m'obligèrent à précipiter les choses.

Il a perdu sa retenue d'homme de bonne compagnie. Maintenant, il descend dîner en veston de flanelle, maculé de taches d'acide. Tous les soirs, le malheureux demeure jusqu'à une heure avancée de la nuit en tête-à-tête avec Barnett.

La surexcitation de l'alcool s'ajoutant à celle de la folie peut produire d'un moment à l'autre une crise furieuse.

Je la sentais gronder, cette crise, dans les rares paroles que mon camarade m'adressait, car maintenant vis-à-vis de moi, il se montrait méfiant, acerbe, presque grossier. En vain, avais-je cherché à lui faire dire à qui étaient adressées les nombreuses lettres et les non moins nombreuses dépêches qu'il expédiait chaque jour. Tout aussi inutilement, je tentai de percer le but de ses fréquentes sorties. A diverses reprises, il me pria brutalement de ne pas l'accompagner au dehors, arguant de son désir d'être seul.

Bref, j'avais le sentiment qu'il me tolérait tout juste auprès de lui.

A peu près de la même façon, il arrivait à tenir Etienne à distance. De la sorte, le fûté gamin ne pouvait-il me procurer que des renseignements très obscurs. Par exemple, depuis quelques jours Roger possédait un trousseau de clés, qui n'étaient certes pas celles de son appartement de l'hôtel ou de ses caisses à bagages. Autre chose au cours de ses mystérieuses promenades souvent Roger rencontrait un arabe loqueteux, à l'aspect d'un mendiant, avec lequel il échangeait de longues conversations.

— Pauvre M. Roger, disait l'enfant en me rapportant ces incidents, il est temps de songer à l'emmener, sans quoi il va faire du vilain !

Oui, il était temps !

Un dernier coup vint fouetter ma volonté d'agir sans perdre une heure. Depuis deux jours, la température fraîchissait dans des proportions absolument anormales pour cette serre chaude qu'est Biskra.

Les hiverneurs boutonnaient leurs pardessus jusqu'au col, les dames sortaient leurs fourrures.

On expliquait bien cette baisse du thermomètre par des chutes de neige dans l'Aurès tout proche, on citait des précédents.

Mais moi, je donnai immédiatement au

fait sa véritable et inquiétante significa-
tion. L'Homme de l'Apocalypse était en
marche ! Roger se mettait en mesure de
gagner son pari.

Eh ! bien non, il ne le gagnerait pas !

Le soir même, pendant que le dément
aidait Barnett à vider des flacons de gin et
de whisky, j'allai droit à la terrasse où je
l'avais vu disposer ses cuvettes à acide.

J'étais très décidé à enlever la dange-
reuse composition, à la disperser, à l'en-
fouir dans quelque coin du désert.

Mais en vain, je cherchai les cuvettes :
elles n'y étaient plus !

Roger les avait certainement transpor-
tées au dehors, dans un endroit que lui
seul connaissait.

Je me jurai que ce serait là sa dernière
expérience, mais cette fois, il me fallait
une aide. Incontinent, j'écrivis au Procureur de la République de Batna, le centre
administratif auquel Biskra est rattaché.
J'expliquai le cas de Roger, je racontai
l'histoire lamentable de son amour, j'insistai sur le détraquement cérébral très net
qui se manifestait chez lui depuis la brusque mort de Mme Berjac. Une fausse honte
m'empêcha d'aller jusqu'au bout, de révéler les choses terribles et déconcertantes
qui pouvaient se produire si Livry demeurait libre.

Aussi bien, je n'eus pas été compris.

Par l'épreuve faite sur moi-même, je
sentais nettement que des esprits ordinaires ne pouvaient sans révolte, accepter
d'emblée de telles conjectures. Dans l'intérêt même de ma requête, mieux valait me
taire et ne pas risquer de devenir *le fou*
aux yeux de ceux que je voulais convaincre.

Quand j'eus achevé ma lettre il était fort
tard : je tins néanmoins à la jeter moi-
même dans la boîte de la gare.

A mon retour, j'eus à subir une scène furieuse de Roger.

— Ah ! te voilà enfin ! rugit-il dès qu'il
m'entendit pénétrer dans ma chambre.

Presque brutalement, il me poussa vers
la sienne. Et se campant devant moi, les
traits contractés, le regard mauvais :

— Tiens ! m'expliqueras-tu cette lettre
que je reçois de mon agent de change ?

Il me jeta à la figure plutôt qu'il ne me
tendit un papier.

Rapidement, je parcourus la missive.

En substance, l'agent de change annonçait à Livry qu'il lui était impossible de
réaliser 6 millions liquide demandés d'urgence, pour la bonne raison que toutes les
valeurs mobilières de son client avaient été
transformées en obligations hypothécaires
à longue échéance.

Il fallait bien m'attendre un jour ou l'autre à ce coup de théâtre, mais il se pro-
duisait en un moment particulièrement dé-
plorable.

Roger éclata :

— C'est ainsi que tu as eu soin de mes
intérêts... en prenant le contrepied de mes
indications et de mes désirs...

— Calme-toi, Roger, répondis-je décidé
à tout subir. Tu le savais d'avance, je ne
suis pas un homme d'affaires. J'ai fait pour
le mieux !

Il me menaça de la main, et au paro-
xysme de la fureur :

— Tu mens !... tu mens !... Tu ne pouvais ignorer qu'il me fallait des fonds disponibles à la fin de février pour solder une
livraison de radium de quinze grammes.
Tes opérations devaient se borner à réunir
cet argent. Au lieu de cela, tu t'es laissé
glisser à je ne sais quels tripotages...

— Oh ! Roger !

L'injure me parut tellement abominable, même dans la bouche d'un dément
que je n'eus pas la force de la subir sans
protester.

Mais insensible au cri de mon âme offen-
sée, le malheureux continua avec un ricanement atroce :

— Parbleu ! je vois clair dans ton jeu !
Tu as voulu arrêter mon bras levé pour
accomplir une œuvre de justice, une œuvre
de raison, une œuvre de régénération.

Tu as tenté de préserver le Monde pourri,
parce que tu avais peur pour toi... Oui,
peur, peur, peur...

Il marchait vers moi, les bras levés, les
yeux hors de la tête. Un moment, je pen-
sai qu'il allait m'acculer et me saisir à la
gorge, m'étrangler dans un accès de folie
furieuse.

En cette minute angoissante, je me sentis tellement misérable, tellement meurtri, que j'appelais presque cette fin affreuse. C'eût été une fin !

Mais son souffle rauque s'éloigna de mon
visage. Il recula d'un pas, et pointant son
doigt dans ma direction :

— Eh bien, tu ne réussiras pas !

« Tu as beau faire, j'aurai mon radium, et même, au lieu de 80 grammes, j'achèterai le demi-kilo que m'offrent les Krept, les grands industriels de Nordlingen... Tiens, vois leur lettre... et je les paierai comptant !

« Alors, avec les cent trente litres d'acide Oméga dont je dispose, la Terre ne pèsera pas lourd !

Muet d'horreur, je suivais cette montée d'épouvantable jactance.

Mais Roger quitta subitement le ton comminatoire, puis avec un accent plein d'amertume, il se répandit en reproches.

— Tu n'es pas de force, mon petit Paul... Au lieu de demeurer mon allié, tu as jugé bon de me dresser des embûches... Que veux-tu ! je t'ai remplacé dans ma confiance et dans mon affection ! Aujourd'hui, j'ai d'autres alliés, plus fidèles et qui s'associent courageusement, sans arrière-pensée, au but que je poursuis...

Je te pardonne ta trahison, parce que les forts ignorent la vengeance. Mais désormais, je ne te connais plus. Va ! tu es libre !

Son geste s'élargit au delà des murs de la chambre : son geste me chassait !

C'en était trop !

Accablé, la tête basse, je me dirige vers la porte. Je vais l'atteindre, lorsque brusquement, je me sens saisir à bras-le-corps : en même temps, j'entends la voix de Roger qui supplie :

— Paul, Paul... ne t'en va pas ! Ne m'abandonne pas !

Je me retourne. Plus encore que le timbre déchirant de la voix, l'expression douloureuse de sa physionomie me remue jusqu'au fond de l'âme.

Et me retenant les mains.

— Tu ne vois donc pas que je suis fou... tu ne sens pas mon cœur qui brûle, ma tête qui éclate. Ah ! si tu savais comme je souffre !

De son poing fermé, il se martela le front.

— Là, là, je sens comme une râpe qui passe et repasse sur mon cerveau... C'est horrible.

Un instant, je le regardai dans les yeux, avec une pitié profonde.

— Pourquoi ne veux-tu pas te laisser soigner ? lui dis-je d'un ton très doux.

Il sourit amèrement, et secouant la tête :

— Me soigner ! Mon mal est inguérissable.

— Essaye toujours... je t'y aiderai de toutes mes forces !

Je mis dans la phrase le summum d'affection persuasive.

— A quoi bon !

Roger se laissa tomber sur une chaise, l'air las. A mon tour, j'en avais l'impression, j'allais me rendre maître de mon ami, lorsque dans le couloir voisin, retentit une galopade de pas, puis un tambourinage effréné ébranla la porte.

— Aoh ! master Livry... Pull up ! Hurrah !

Sans attendre qu'on lui ouvrit, l'odieux Barnett venait de pousser le battant. Il tendait son horrible face à travers l'ouverture. J'eus le sentiment que derrière « la tête de mort », le malheur et la folie opéraient un triomphal retour offensif !

— Hurrah ! continua le monstre, dont les yeux verts luisaient comme des yeux de chat-huant. Hurrah ! Vous gagnez le million ! Partout dans l'Oasis, les « séguias » sont gelées (1).

Ah ! Monsieur l'ami du diable, demain vous me montrerez la petite mécanique... Alors, je chèque autant de millions qu'il sera à votre « plaisance » pour l'autre affaire, le grand chambardement du Monde, comme vous dites en France.

Au premier mot, Roger s'était redressé, la figure épanouie. Avec une expression pleine d'assurance et d'orgueil, il me regardait, et son regard semblait me dire : « Tu vois ! » Ah ! oui, de nouveau, je voyais le gouffre s'ouvrir sous nos pieds !

J'allais en voir bien d'autres ! Cette nuit affreuse ne m'avait pas encore assez éprouvé ! Après avoir répondu aux vigoureux « shake-hands » de Barnett, Roger fit une proposition :

— Inutile d'attendre à demain pour vous montrer comment je produis le froid. Voulez-vous de suite, Barnett ?

— All right ! Vous, vous étiez expéditif, digne de naître Américain.

— Alors, partons.

— C'est loin ?

— A deux pas.

(1) Les séguias sont de petits ruisselets qu'on ménage en tout sens au pied des palmiers, dont la culture exige une irrigation

— Well ! Je me fais suivre de Jim avec un panier de champagne.

Il est parfaitement convenable de fêter un aussi sensationnel événement que la fin du monde, in dead !

— Très juste. Que Jim emporte aussi une lanterne.

Et se tournant vers moi, du ton le plus naturel :

— Tu nous accompagnes, Paul ?

Depuis l'irruption de Barnett, Roger semblait avoir perdu le souvenir de la violente algarade qu'il venait de m'infliger ; de même son esprit ne conservait plus trace de l'instant de saine raison, pendant lequel mon pauvre ami avait exhalé sa plainte douloureuse. Dans son cerveau en feu, les idées et les impressions tourbillonnnaient comme des feuilles mortes soulevées par l'ouragan.

De mon côté, j'eus honte de m'être abandonné à une passagère faiblesse. Devant l'immense péril que l'intervention de ce Barnett venait de me révéler, cette faiblesse fut devenue lâcheté. Heureusement que Roger ne m'avait pas laissé partir !

Nous voici dehors, Roger, Barnett et moi. A quelques pas en arrière, suit le nègre Jim, un panier de bouteilles sous le bras.

Il est trois heures du matin. En dépit de mon pardessus boutonné jusqu'au col, le froid me pénètre.

Où Roger va-t-il donc nous conduire ?

Dès qu'il prend la direction de la marche, un soupçon m'envahit et me cause un indéfinissable malaise. Quelques pas de plus, et le soupçon s'affirme ; cent mètres encore, et il se change en certitude :

Nous sommes devant la Villa Blanche !

CHAPITRE XVI

TRINITÉ DE DÉMONS

Posément, Roger a sorti un trousseau de clé de sa poche — les clés entr'aperçues par Etienne. Il ouvre la grille, il pénètre dans le jardin, nous à sa suite.

Pour ma part, j'ai l'impression qui doit étreindre ces rôdeurs de nuit, pilleurs de cimetières !

Quelle peut donc être la force de volonté ou d'aberration de mon ami pour qu'il ose, ce que je considère, moi, comme une violation sacrilège !

Sans ralentir son pas, il escalade les six marches du perron, place la clé dans la serrure du vestibule. En entrant dans la maison de la morte, d'instinct je me découvre, comme dans un tombeau.

Cette fois, Roger ne mentirait pas s'il m'accusait d'avoir peur. En dépit des gens qui m'entourent, je ne puis me dérober à l'emprise de cette frayeur nerveuse, irraisonnée, stupide. C'est la *terreur nocturne* bien classifiée par les médecins et qui s'attaque aux enfants, aux neurasthéniques, aux faibles ou aux déprimés. C'est la crainte des bruits et des lueurs, l'anxiété imprécise qui évoque l'intrusion brusque de spectres et de fantômes, l'attente de *quelque chose.*

Or, *la chose,* se produit !

Derrière une des portes qui donnent sur le vestibule, celle de la cuisine, si mes souvenirs sont exacts, j'entends des frôlements légers, un glissement à peine perceptible. Quelqu'un est là, qui remue avec d'infinies précautions. Quel peut être ce *quelqu'un,* à moins d'une ombre ?

Et voici que lentement, lentement, tourne le bouton de la porte.

Une seconde, un siècle, et la porte s'entr'ouvre...

Mon sang se glace dans mes veines.

A travers l'entrebâillement, une forme blanche se présente ; une tête s'avance avec une prudence féline... une tête... non, une étoffe qui encapuchonne une apparence de tête... Car, y a-t-il une tête matérielle dans ce spectre blanc ?

— Ne vous dérangez pas, c'est moi !

Au passage, Roger vient de jeter ces mots vers l'ombre. Puis, un rayon de la lanterne projeté dans cette direction achève de rompre ce détestable charme : ce que mon imagination maladive a pris pour un fantôme, est un Arabe enveloppé dans son burnous, coiffé du capuchon qui empêche de distinguer les traits de son visage.

D'ailleurs, l'Arabe s'est rejeté en arrière, referme la porte sur lui.

Quel peut être cet indigène, choisi par Roger pour garder la maison de la morte ?

Sans doute, celui avec lequel le fou tenait ces longues conversations surprises par Etienne. Mais où Roger a-t-il été chercher cet homme de confiance ?

Ces questions, je me les pose sans avoir la clarté d'esprit nécessaire pour les approfondir. Car déjà le chimiste monte l'escalier, ramenant mes pensées vers les cruels souvenirs qui hantent ces lieux.

Sur le palier du premier étage, il passe sans s'arrêter devant la chambre où *elle* est morte.

Je respire !

Il continue de monter jusqu'à la porte qui accède au toit-terrasse de la villa. Nous prenons pied sur cette terrasse.

Sur le ciment sont posées les cuvettes d'acide que je lui ai vu préparer.

D'un geste, il les indique à l'Américain.

— Voilà !

Barnett fait approcher la lanterne. Il regarde la pâte opaline formée par le mélange de l'acide et du radium.

Une grimace joyeuse apparaît sur son visage : il avance la main.

— Go an ! Vous êtes *droit* master Livry, et moi je suis votre serviteur. Je chèque...

Mais le fou sut résister à ce premier succès.

— Un instant ! Je désire que votre conviction soit entière, absolue. Avant d'accepter votre parole et votre argent, je veux vous donner une preuve tangible de la puissance de mon acide Oméga.

— Le froid tombe sur mes épaules : cela me suffit.

— Non. Le froid se sent, il ne se voit pas. Je vais vous montrer une autre application de mon produit, visible, celle-là, et non moins terrifiante.

— All right ! j'ouvrirai les yeux tout grands.

— Alors, aidez-moi à descendre les cuvettes... Toi aussi, Paul, je te prie.

Ainsi que Barnett, j'obéis sans trop savoir où Roger veut en venir.

Chacun, nous prenons par les bords un des récipients de porcelaine. En tremblant, je considère l'effroyable substance. A part quelques éclats phosphorescents qui s'en échappent, elle semble inerte ; on dirait de cette pâte à copier, la planche d'imprimerie des petites bourses.

A la réflexion, la poudre, le fulmi-coton, la mélinite, tous les plus terribles agents destructeurs offerts à l'homme par la chimie moderne ne présentent-ils pas cet aspect parfaitement inoffensif ?

La vague inquiétude où me plonge la nouvelle détermination de Roger a du moins pour effet de chasser les spectres qui rôdaient dans mon esprit. Nous regagnons le rez-de-chaussée de la maison lugubre.

Parvenu dans le vestibule, Roger frappe à la porte de la cuisine, où se terre l'Arabe mystérieux.

De nouveau, dans l'ouverture de la porte entrebâillée, la silhouette blanche m'apparaît.

A voix basse, Roger échange des paroles avec l'homme en burnous.

— Passe-moi ta cuvette, me dit-il ensuite.

J'obéis toujours. De mes mains, il prend l'objet, le remet à l'Arabe, opère de même pour le récipient tenu par Barnett.

— Avec deux, ce sera assez. Conservons les deux autres.

D'une voix sourde, l'Arabe a murmuré ces phrases.

Cette voix ! Il me semble que je l'ai déjà entendue ! Illusion sans doute. Quel point commun peut exister entre mes souvenirs et cet indigène ? D'ailleurs, toute mon attention est maintenant attirée par les manœuvres de l'Arabe.

Il vient d'allumer une lampe. Puis, à même sur le dallage de la cuisine, il place un fourneau à pétrole, enflamme la mèche, pose dessus une casserole. Dans la casserole, à l'aide d'une cuiller, il fait tomber le contenu des deux cuvettes d'acide.

Que signifie cette infernale cuisine ?

— Sortons ! prononça Roger, qui jusqu'alors a observé en silence les étranges préparatifs.

Nous voici dans le jardin.

L'Arabe nous y a suivis. Mais il se tient dans un coin d'ombre, en dehors de la zone des rayons projetés par la lanterne.

Il commence à m'intriguer fortement, ce personnage qui persiste à cacher sa figure sous le capuchon de son burnous !

Mais Roger place familièrement la main contre l'épaule de Barnett ; et sur un ton où perce une âpreté farouche :

— Vous voyez cette maison... Eh ! bien, je l'avais condamnée à disparaître, le jour de mon départ de Biskra. Pour vous montrer mon pouvoir, je vais la renverser de suite...

Dans l'habitation, une sorte de grésillement se fit entendre.

— Cela commence ! s'écria le chimiste qui s'excitait à mesure.

Et avec l'accent dramatique d'un mauvais génie d'une légende de fée, il s'écria :

— Une... deux... trois.... Demeure maudite, rentrez sous terre !

Cette déclamation théâtrale peut paraître ridicule.

Elle sonna terrifiante.

A l'invocation de Roger, un phénomène inouï se produisit sous mes yeux.

La façade blanche de la villa, faite de stucs et de plâtres moulés, les murs de chaux, tout s'évanouit subitement au milieu d'une cascade de vitres brisées, d'un fracas de poutres, de meubles réduits en miettes.

A peine, si l'on avait vu une buée légère comme une vapeur monter vers le ciel.

Brusquement je compris. Je venais d'assister à une réédition de l'épouvantable procédé de destruction que le hasard avait livré à Jobert !

Ainsi s'étaient évaporées les pierres en meulières de la porte du laboratoire de Fontenay ; ainsi avaient disparu les assises calcaires qui soutenaient le sol de Bouffarik et cimentaient les roches volcaniques de Messine !

C'était effarant de songer qu'un tel pouvoir de subversion put être tombé entre des mains d'hommes, et quels hommes, des fous !

Du bras, Roger montrait le tas des décombres informes qui gisaient au ras du sol.

— Du bois, quelques briques, quelques ferrures, pas une pierre !

Dès que l'acide Oméga entre en ébullition, ses vapeurs agissent sur la chaux, comme une étincelle sur un tas de poudre !

Et maintenant que vous avez vu, Monsieur Barnett, j'attends votre décision.

Sans mot dire, le flegmatique Américain tira de sa poche un cahier souple relié de maroquin rouge, son carnet de chèques.

Armé d'un stylographe, il remplit les blancs ménagés dans les formules imprimées :

— D'abord, le million du pari. Il est à vous.

Il fit mine de détacher le chèque.

Roger arrêta le geste.

— Inutile. Vous joindrez ce million aux deux cents autres que vous voudrez bien tenir à la disposition de la maison Kraft, de Nordhausen, pour le 1er mars.

Barnett ne sourcilla pas.

— Le temps de câbler à New-York, et les Kraft, pourront toucher dans la banque d'Allemagne qu'ils désigneront.

— Je me charge du reste.

Alors l'affreux bonhomme laissa échapper un ricanement de joie :

— Je disais bien tout à l'heure, vous êtes le diable !.

— Non ! Je suis l'Homme de l'Apocalypse.

Ce fut comme un rugissement où se mêlaient un orgueil exacerbé, une douleur atroce, une surexcitation furieuse.

Dans un mouvement fébrile, Roger s'empare des mains de Barnett, les serre avec frénésie. Puis se précipitant vers l'Arabe, il le saisit à son tour, l'entraîne vers le yankee. Il unit aux siennes les mains des deux hommes.

— Barnett, voici notre autre compagnon. Nous serons trois pour travailler sans peur et sans faiblesse à la destruction de l'abominable vie terrestre.

D'instinct, je m'étais reculé de deux pas. Je demeurais le témoin muet, horrifié de ce pacte diabolique.

Et le capuchon du burnous s'étant enfin écarté, à la lumière falote de la lanterne, je découvris les traits du troisième démon.

Cette figure émaciée, bistre à force d'être terreuse, ces yeux illuminés par des lueurs de folie, cette bouche contractée par un rictus de haine, tout cela appartenait à Jobert !

J'avais devant moi, l'assassin et le voleur de Fontenay, l'irresponsable fauteur des catastrophes de Bouffarik et de Messine !

Je dis bien irresponsable, car il n'était pas possible de se tromper sur le degré avancé de l'aliénation mentale qui rongeait le misérable : il n'y avait qu'à l'observer un instant !

Et sans peine, je m'expliquai sa présence. Il était accouru à l'appel lancé par les annonces publiées par Roger dans les journaux. Caché sous ce déguisement arabe, il arrivait à Biskra, juste au moment où mon malheureux ami sombrait dans la crise déchaînée par la mort de Mme Berjac.

Il venait à son heure pour compléter l'effroyable trinité de déments.

Telle est la vérité qui s'impose à mon raisonnement.

Au moins ai-je barre sur ce Jobert !

Le plus tôt qu'il me sera possible, je signalerai à la police locale l'assassin de Fontenay. Je mettrai un terme à ses dangereux exploits.

Pourquoi pas tout de suite ? Je suis maintenant invisible, hors du cercle de lumière.

Dans la crise d'exaltation qui s'est emparée d'eux, les trois fous semblent m'avoir oublié, sans attirer leur attention, je puis gagner l'extrémité du jardin, franchir la barrière peu élevée qui entoure la villa.

Encore un pas en arrière et je m'échappe.

Mais malgré moi, un spectacle plus poignant peut-être que l'écroulement de la maison me cloue sur place.

Roger brandit son poing menaçant vers les décombres :

— Avant de partir, clame-t-il, je ne veux rien laisser derrière moi !

Ici tout m'appartient... même le souvenir.

Et se tournant du côté de Jobert :

— Apportez-moi le pétrole !

Le faux Arabe se précipite vers un kiosque qui abrite des chaises et des outils de jardin. Un instant après, il en revient les épaules pliant sous le poids de six bidons d'essence.

— Que voulez-vous faire ? interroge Barnett.

— Brûler les derniers vestiges !

— Hurrah ! Un feu de joie !

— De joie ! C'est cela ! répète Roger d'une voix effrayante.

Suivi de Jobert, il court vers l'innommable entassement des poutres, des meubles, des étoffes, des débris de la menuiserie.

Pour aller plus vite, à l'aide d'une hachette, les deux forcenés défoncent les récipients d'essence, répandent le contenu sur les décombres.

Une lueur brille, une flamme fuse jusqu'à hauteur des arbres.

En un clin d'œil, le brasier rougeoie, couronné par des fumées fuligineuses.

— Jim ! du champagne ! s'écrie Barnett transporté d'allégresse.

Le nègre tire de son panier quelques-unes de ces énormes bouteilles qu'on nomme « jéroboams » et qui trouvent seulement grâce devant la clientèle des bars anglo-saxons. Eclairés par les lueurs rouges de l'incendie, noyés parfois dans les volutes de fumée nauséabonde, les trois fous, le nègre, gesticulent, chantent, crient, boivent à la ronde.

C'est un sabbat de démoniaques ! Une vision d'enfer !

Grelottant d'épouvante, je m'enfuis, je saute la barrière, poursuivi par le cri rauque de Roger, qui revient comme un cri de guerre et domine les hurrahs de Barnett :

— Je suis l'Homme de l'Apocalypse !

CHAPITRE XVII

CRI D'ALARME

Le rapide de Marseille vient de passer la station de Villeneuve-Saint-Georges dans un bruit de tonnerre.

Encore vingt minutes, et je serai à Paris.

Oh ! ce voyage de retour vécu dans la fièvre ! Toujours il en est ainsi, lorsqu'on déplore le temps perdu, *ce temps qui ne se rattrape jamais !*

Quand je songe à ces deux jours dépensés en pure perte à la recherche de Roger ! Lorsque le jour se leva, après la nuit terrible de Biskra, mon pauvre ami avait disparu en compagnie de Barnett et de Jobert.

Une automobile rapide les avait emportés, vers la côte !

J'avais l'idée que le fugitif viendrait droit à sa villa de Fontenay.

Voilà pourquoi aux approches de Paris, mon angoisse touchait à la souffrance aiguë.

Aussitôt l'arrivée, avec Etienne, je saute dans un taxi.

Enfin, nous sommes devant la demeure

de Roger. A travers les arbres, je vois tous les volets clos.

En tremblant, je presse le bouton du timbre. Une longue attente, une minute, un siècle... Obéissant à mes nerfs, je sonne de nouveau. Un pas traînant se fait entendre sur le gravier, la petite porte s'entr'ouvre avec méfiance, encadrant la tête du vieux Philippe.

— Ah ! c'est vous, Monsieur Paul ?

— Roger est venu, n'est-ce pas ?

De ma part, c'est un cri affirmatif, plutôt qu'une interrogation.

— Bien sûr ! Monsieur est venu il y a quatre jours !

— Il était seul ?

— Mais oui.

— Qu'a-t-il fait ?

— Ça, je ne pourrai pas le dire, vu que Monsieur arrivé à la nuit, m'a envoyé coucher à l'hôtel. Dame, il est le maître. Ce matin, quand je suis rentré ici, lui était reparti ; je sais seulement qu'une grosse voiture a dû pénétrer dans le jardin, j'ai vu la trace des roues sur le gravier.

Mes prévisions s'étaient réalisées !

Je pâlis légèrement.

— Philippe, allez donc chercher un serrurier.

D'office, j'étais résolu à faire forcer la porte du laboratoire.

Il fallut bien une heure aux ouvriers pour avoir raison des puissantes serrures replacées après le cambriolage de Jobert.

Guidé par Etienne, je me précipitai vers les armoires où Roger enfermait sa provision d'acide Oméga. Les portes de ces armoires étaient grandes ouvertes, l'acide n'était plus là !

Allons ! une confirmation dernière du danger qui menace.

On peut, paraît-il, téléphoner maintenant avec les villes d'Allemagne... Incontinent, je me rends au bureau central de la Bourse. Au prix d'une peine extrême, après une attente de plus de sept heures, je finis par avoir la communication avec la maison Kraft, de Nordhausen.

C'en est fait ! Les Kraft ont livré le radium, 100 grammes, une quantité énorme, inouïe, qui représente à peu près la moitié du stock existant dans le monde.

Et dans l'appareil, l'accent tudesque du Kraft s'enflait de joie railleuse et d'orgueil béat pour ajouter que le règlement de 40 millions de dollars leur avait été fait comptant par M. Barnett, l'agent autorisé de M. Livry. Aucun industriel avant eux n'avait traité depuis l'armistice, une aussi colossale affaire...

Je laissai ces Boches à leur satisfaction imbécile.

Ah ! oui, ils avaient fait là une jolie opération !

Grâce à eux, l'humanité va être appelée à se défendre dans des circonstances sans doute uniques au cours de l'histoire du Monde.

Cela va être autrement formidable que la guerre mondiale et ses suites !

Pour entamer cette lutte extraordinaire, il faudra faire appel aux forces réunies de tous les gouvernements, de tous les organismes sociaux, de toutes les énergies individuelles et collectives.

Encore sera-ce une garantie suffisante ? Où appliquer l'effort ? Où entamer la lutte ? Comment découvrir le point du globe sur lequel la trinité des monstres Livry, Jobert, Barnett, compte installer l'usine secrète de la mort ?

Tout cela, d'autres le détermineront. Mon rôle à moi, doit se borner à crier le danger.

Mais ce cri, voudra-t-on l'entendre ?

Quel est l'homme capable d'accepter de sang-froid cette idée monstrueuse que la fin du monde peut survenir à bref délai ?

Cet homme, je crois l'avoir trouvé : c'est M. Thiérard-Leroy. La perte cruelle de son unique enfant, dispose encore mieux son âme à envisager avec sérénité les pires occurrences. Puis la haute valeur scientifique de l'astronome, écarte tout soupçon de folie ou de mystification ; enfin, il connaît l'essence des découvertes de Livry, il est à même d'en déterminer les extrêmes conséquences. Pour plus, sa situation de directeur de l'Observatoire lui donne l'oreille des pouvoirs publics. Il sera écouté, là, où un universitaire comme moi aurait des chances d'être éconduit, ou même dirigé droit sur l'infirmerie spéciale du Dépôt.

Ma résolution est prise : je vais remettre le sort du monde entre les mains du père d'Hélène Berjac. Après cela, à la grâce du destin !

Le vieux savant m'accueillit avec cette douceur affable qui faisait le fond de son caractère. D'ailleurs, le lien de la douleur commune favorisa mes âpres confidences.

Je lui dis tout ce qu'il ignorait encore. J'insistai particulièrement sur la mise en œuvre terrifiante des procédés de Livry, l'expérience de Mourmelon, confirmée par l'expérience de Biskra. Puis, je découvris cette autre face non moins troublante du problème révélée par Jobert : là, le crime de lèse-humanité s'affirmait par ces journées d'épouvante et de deuil qui s'appelaient Bouffarik, Messine.

Le vieillard m'écouta sans m'interrompre. Lorsque j'eus fini, il se dirigea vers un cartonnier, y prit un dossier et l'apportant devant moi :

— Mon cher ami, dit-il avec une gravité sereine, sur les données fournies par ce pauvre Livry je m'étais plû à calculer les effets de l'acide Oméga : j'ignorais seulement que ces calculs théoriques avaient été devancés par l'expérience. Et hochant la tête :

— La terre va traverser une crise effroyable. Je n'entrevois même pas quels moyens employer pour éviter la catastrophe... Ah ! voilà qui laisse loin les chocs de comètes et autres prophéties imaginaires !

Puis prenant son dossier sous le bras :

— Il faut quand même aviser.

Allons ensemble chez le Président du Conseil.

M. Luissant, le chef du Gouvernement était alors ministre de l'Intérieur.

Nous prîmes le Ministre au sortir d'une séance de la Chambre, séance qui avait été fort orageuse. On s'était, paraît-il, vertement houspillé à propos d'un conflit pendant entre un garde-champêtre et un maire.

Comme ces petites parlotes de politique de village durent sembler misérables à M. Luissant, lorsqu'il connut les révélations inouïes que nous lui apportions !

Et quel effet put produire ces menaces d'anéantissement total sur l'esprit de cet homme d'Etat, encore jeune, aimant la vie pour les satisfactions qu'elle lui accordait, pour celles plus hautes encore, que semblait réserver l'avenir à sa puissante intelligence !

Avec un sang-froid impressionnant, il suivit mes explications corroborées par celles de M. Thiérard-Leroy, il examina les preuves. Après cela , il eut le plus magni-

fique des courages, celui de croire. Combien d'autres à sa place eussent reculé devant la crainte du ridicule en refusant de prendre au sérieux l'épouvantable perspective !

Je l'entends encore, prononçant de sa voix calme, mais volontaire :

— Eh ! bien, messieurs, nous allons agir. Mais, avant tout, je réclame de vous le secret absolu. Songez au vent de terreur, de frénésie, de démence qui soufflerait sur le monde si l'on savait...

Contre le trio des fous, nous nous servirons des armes que nous donne l'entente internationale visant les anarchistes. Nous les traquerons partout sans défaillance, sans fausse sensiblerie. Il ne s'agit plus seulement de sauvegarder un peuple, une race, une patrie, mais l'humanité tout entière ! Dès ce soir mes ordres seront donnés, la Sûreté Générale commencera les recherches.

Et avec un pâle sourire il ajouta :

— La Sûreté Générale, ...jamais, n'est-ce pas, elle n'aura mieux mérité son titre !

Les jours qui suivirent, les mesures arrêtées par le Gouvernement se précisèrent. D'abord M. Tiérard-Leroy et moi, nous fîmes une course rapide jusqu'à la maison abandonnée de Mourmelon.

Il était possible que Roger eût passé par là pour remettre en activité l'acide disposé dans les bacs, ou peut-être pour enlever les récipients.

Nous nous trompions. Les bacs furent retrouvés tels que le chimiste les avait laissés à son dernier voyage. Il n'était pas revenu à Mourmelon.

Notre premier soin fut de rapporter à Paris les dangereux appareils.

Grâce aux indications que Roger avait fournies à l'astronome dans un moment d'expansion, il fut possible de dissoudre le produit inconnu qui neutralisait l'acide Oméga. L'épouvantable matière redevint active. Sur elle, on put procéder à une série d'expériences, auxquelles furent associés M. d'Arsaumont, le célèbre chimiste professeur au Collège de France, et le docteur Manrichoff, le grand biologiste de l'Institut Pasteur.

Le Président du Conseil avait jugé possible de partager avec de tels hommes le secret de la mort universelle.

Comme si elles dataient d'hier, je me souviens de ces expériences conduites en grand mystère dans le jardin de l'Observatoire et dans le laboratoire d'étude du professeur d'Arsaumont, derrière la butte Montmartre.

Deux faits aujourd'hui oubliés se rapportent à ces recherches émouvantes : une forte gelée qui sévit inopinément vers le milieu de ce mois de mars 19.., et un affaissement du sol qui se produisit rue Tourlaque à Montmartre et fit une innocente victime, une pauvre femme surprise par l'effondrement de la chaussée. A l'épouvante des trois savants, des vapeurs d'acide Oméga à dose infinitésimale étudiées dans le laboratoire de Montmartre avaient provoqué l'accident ; personne, en dehors de nous, n'en connut les véritables causes !

Après cela, on eut la compréhension nette du rôle de Jobert, le mauvais génie des cataclysmes ! On détermina plus exactement encore le fantastique pouvoir de Livry.

C'était terriblement simple. Avec les quantités d'acide et de radium dont il pouvait disposer, en moins de trois mois, l'abaissement de la température atteindrait plus de cent degrés au-dessous de zéro ; trois mois encore et la vapeur d'eau n'existerait plus sur notre globe, le froid serait celui de l'espace...

Ce fut quinze jours après notre première visite que les savants apportèrent au ministre les résultats hallucinants de leur expérimentation.

J'étais là. J'écoutai ces hommes de cœur et de science examiner et rejeter tour à tour les moyens de préservation comme des armes inutiles...

— Ainsi, résuma le professeur d'Arsaumont, je ne vois rien à faire pour entraver la diffusion du froid. L'action de l'acide Oméga s'exerce de proche en proche sur les molécules de vapeur d'eau. Très vite, l'évaporation des océans sera annihilée. Chaque jour, s'élargira donc la faille par où s'échappera la vie du Monde ! D'abord, les eaux se congèleront puis, les montagnes de glace formées par les mers se déverseront sur les continents. Mais bien avant, tout mouvement se trouvera suspendu ; les maisons, les stocks de combustibles seront très vite impuissants à défendre les hommes contre la morsure du gel. Les animaux périront les premiers, puis les plantes. Plus d'eau potable, plus de vivres ! Le sol durci par la gelée se refusera même à recevoir les corps de ceux qui succomberont d'abord. Les autres suivront de bien près !

Et le grand savant d'ajouter avec le plus admirable stoïcisme :

— Après tout, la vie des hommes qui existent aujourd'hui est peu de chose dans l'espace et le temps : faisons un saut de cent années, tous, ou à peu près, auraient disparu ! Ce que nous avons à préserver, c'est l'œuvre humaine, la création plutôt que la créature !

Or, ce Livry embusqué dans quelque coin ignoré du globe, une forêt, une montagne, une île déserte, suffira à cette tâche de destruction, si l'on ne parvient pas à l'arrêter en chemin !

A cet instant de la conférence tragique, le Président du Conseil, je le revois encore, secoua ses épaules de lutteur dans un mouvement d'impuissance désespérée :

— On cherche, on remue ciel et terre... On n'a encore rien trouvé !

CHAPITRE XVIII

LES COLIBRIS DE BARNETT

C'était vrai.

Deux semaines après le début des recherches, le problème demeurait aussi obscur qu'au premier jour.

A peine avait-on pu recueillir quelques indices, et encore se rapportaient-ils à l'américain Barnett. Ainsi, savait-on qu'il s'était embarqué à Philippeville sur un vapeur espagnol. Plusieurs personnes l'accompagnaient : sans doute Livry et Jobert se trouvaient parmi elles, mais il avait été impossible de l'établir avec certitude. Puis, Barnett était signalé à Paris à l'Hôtel Majestic, à une date qui coïncidait avec l'apparition de Roger à la villa de Fontenay. Le lendemain à Nordhausen, où les Kraft effectuaient entre ses mains l'énorme livraison de radium.

Trois jours plus tard, l'américain arrivait à Biarritz dans un immense car automobile ; là on perdait définitivement sa trace. Ce qui était certain, c'est que ni Livry, ni Jobert ne l'accompagnaient au cours de ces pérégrinations.

Où se cachaient-ils ? Mystère ! En tous cas, M. Luissant estimait que les dix bonbonnes d'acide Oméga — Etienne Tourte avait donné ce chiffre — représentant 250 litres avaient pu difficilement échapper aux investigations de la douane aux frontières terrestres ou maritimes :

Or, aucun produit chimique de ce genre n'avait été signalé dans les zônes-frontières, où la surveillance est particulièrement rigoureuse à l'égard des liquides.

Le ministre se trouvait donc porté à croire que les fatales bonbonnes n'étaient pas sorties du territoire français. Mais c'était là en somme une hypothèse, basée tout au plus sur une déduction théorique : l'énorme fortune de Barnett ne lui donnait-elle pas les moyens d'acheter bien des silences et bien des complicités?

Bref, malgré les efforts des polices de tous les états du Monde, efforts stimulés par la promesse de primes considérables, rien ne venait dissiper les ténèbres. Et *ceux qui savaient* s'attendaient d'un jour à l'autre à sentir passer sur la terre la première vague de froid, signe précurseur de l'effroyable cataclysme.

Est-ce le calme héroïque des savants qui m'entourent, est-ce l'accoutumance du terrible, en tout cas l'idée de l'événement ne m'apporte plus la même épouvante.

Je souhaite de m'endormir un soir et de ne plus me réveiller.

Puisqu'il n'y a plus rien à faire ! ! !

Dans cette vie machinale qui fut la mienne en ces semaines d'attente, je ne trouvais même plus la force de me livrer à une besogne intellectuelle quelconque. Chaque jour, je me rendais tantôt aux Tuileries, tantôt au Luxembourg, je me mêlais aux vieux rentiers, aux retraités, qui se réchauffent au soleil du premier printemps. Comme eux, je lisais les journaux de la première à la dernière ligne, c'est-à-dire que mes yeux parcouraient des signes d'imprimerie... mais mon esprit était loin !

Pourtant ! — c'était le 14 avril, aux Tuileries — mes pauvres yeux percèrent brusquement le brouillard à travers lequel, lecteur absent, flottant dans l'irréel, je parcourais le texte de mon quotidien.

Quelle nouvelle était donc susceptible de secouer mon apathie maladive ? Oh ! rien autre à première vue qu'un cancan de province, une niaiserie comme se croient obligés d'en adresser de temps à autre les correspondants occasionnels de chef-lieu d'arrondissement.

« Tarbes, 12 avril 19.. — La faune de
« notre pittoresque région pyrénéenne
« vient de s'enrichir d'une rarissime espè-
« ce qui avait échappé jusqu'alors à l'at-
« tention des naturalistes. Et lorsque nous
« disons *faune*, c'est plutôt *flore* qu'il con-
« viendrait de prononcer. Des bergers qui
« paissaient leurs moutons sur la lisière
« des bois d'Astruc aperçurent des oiseaux
« merveilleux voletant à travers les basses
« branches, des oiseaux nains au plumage
« irrisé des couleurs de l'arc-en-ciel. Ils
« parvinrent à en capturer quelques-uns.
« Ces oiselets adressés à Tarbes par les
« bons soins de M. Loubestat, instituteur,
« furent reconnus pour des colibris de la
« plus ravissante et la plus pure espèce.
« Comment ces hôtes charmants des boca-
« ges des tropiques se sont-ils acclimatés
« dans nos bois ? Tel est le palpitant pro-
« blème offert à la sagacité des ornitholo-
« gistes de notre département... »

Je poussai un cri, je bondis hors de mon banc, offensant la quiétude de mes placides voisins.

— Les oiseaux de Barnett... Les oiseaux de Barnett...

Comme un leit-motiv, je marmonne cette phrase, sans plus : à elle seule, elle renferme la suggestion tyrannique qui vient d'envahir ma pensée. En même temps, je cours comme un fou dans la direction de la Concorde, je traverse les Champs-Elysées, j'arrive place Beauvau. Je pénètre dans l'hôtel du Ministre de l'Intérieur. Je dois avoir une figure inquiétante et bizarre, car l'huissier du Cabinet hésite à faire passer la demande d'audience que je viens de crayonner en hâte. Enfin, sans trop attendre, je suis introduit auprès de M. Luissant.

— Eh ! bien, qu'y a-t-il ? me dit le ministre avec bienveillance...

Du premier coup d'œil, il a deviné mon émotion.

— Les oiseaux de Barnett... Il ne peut être question que des oiseaux de Barnett...

Je lui passe le journal ; indiquant du doigt l'entrefilet perdu dans les nouvelles diverses, à la troisième page.

— Nous allons voir !

Le ministre a prononcé ces mots avec l'accent posé de l'homme qui ne refuse à priori aucune hypothèse : sans doute, la pratique des gens et des choses lui a-t-elle appris que la dénégation de principe et l'idée préconçue sont la tare des esprits inférieurs.

Coup sur coup il demande la communication téléphonique avec la Préfecture de Police et avec Tarbes, il échange quelques phrases avec le Directeur de la Sûreté, puis avec le Préfet des Hautes-Pyrénées.

Et revenant à moi :

— Aucun individu répondant au signalement de Barnett n'a été vu dans la région de Tarbes. Il y a bien un étranger installé tout récemment dans l'ancien couvent des Franciscains sur la montagne d'Ossat, tout près, à vrai dire du bois où furent trouvés les oiseaux-mouches. Mais il s'agit d'un américain du sud, un riche docteur péruvien répondant au nom de Manuelo Porfirias... Donc, rien du yankee Barnett.

— Oh ! si je pouvais voir !

— C'est cela ! Allez là-bas, procédez vous-même à une enquête. Pour faciliter vos démarches, je vous adjoindrai un inspecteur de la Sûreté.

Et d'une voix d'infinie tristesse, le ministre conclut :

— Dans les circonstances actuelles, nous avons le devoir de ne rien négliger, même les mirages !

Je partis le soir même en compagnie d'Etienne Tourte et de l'agent qui m'avait été adjoint, un grand garçon modeste et sympathique répondant au nom de Martin.

Dès notre arrivée à Tarbes, nous recueillîmes une première série de renseignements. Le couvent des Franciscains d'Ossat, propriété de ce péruvien qui excitait ma curiosité, venait d'être mis en vente. C'était un très vieux monastère, datant du XIVᵉ siècle, à l'allure d'un château-fort. Il se trouvait perché au sommet de la monta-

gne d'Ossat, une butte isolée, de 400 mètres d'altitude, qui se dresse dans la plaine de Tarbes, à quinze kilomètres en avant des premiers contreforts pyrénéens. Quant au nouveau propriétaire, d'après les on-dit, il se proposait d'établir un sanatorium dans ces vastes bâtiments, admirablement disposés pour les cures d'air. Arrivé depuis trois semaines avec ses domestiques et ses bagages, il avait procédé à une première installation sommaire. Et, justement il repartait en voyage pour ramener les gros meubles et autres objets destinés à parfaire les aménagements ; il était attendu le soir même à l'hôtel des Espagnes.

Ces détails allaient à l'encontre des arguments tout instinctifs qui m'avaient poussé à l'autre bout de la France.

Avant de rentrer à Paris, je voulus au moins suivre jusqu'au bout la piste vaine tracée par mon imagination. Installé à l'hôtel des Espagnes, j'attendis la venue du docteur péruvien.

Il arriva à la tombée de la nuit, dans un camion automobile chargé de bagages. D'abord, deux nègres descendirent de la voiture, au milieu de l'admiration béate des badauds arrêtés sur le trottoir. Mon cœur battit très fort : dans un de ces noirs, il me semblait reconnaître Jim ! Mais voilà le docteur qui descend à son tour, un petit homme malingre aux épaules voûtées. Il avance dans la lumière du globe électrique suspendu au faîte du portail Alors, j'échappe une exclamation rauque, répétée par Etienne assis auprès de moi.

Dans ce soi-disant Manuelo Porfirios je viens de retrouver le mulâtre, médecin des oiseaux de Barnett !

Une pression opérée sur mon bras par l'agent Martin, me rappela à la prudence.

— Sortons, me dit-il tout bas. Il ne faut pas qu'on nous aperçoive !

Une demi-heure plus tard, nous tenions un conciliabule à la préfecture, auquel prit part le part le Préfet, le Procureur de la République, le Commissaire de police et le Capitaine de gendarmerie.

L'arrestation immédiate du *docteur* et des nègres fut décidée.

A neuf heures du soir, au moment où il se disposait à prendre un train pour Bayonne, le mulâtre et ses deux acolytes furent appréhendés.

Au premier interrogatoire, ces gens continuèrent de mentir : le mulâtre prétendit s'appeler Porfirias, s'étonna lorsqu'on lui parla de Barnett, des oiseaux ; visiblement, il récitait une leçon apprise. Mais la scène changea lorsque je pénétrai dans le cabinet du Procureur.

A ma vue, le mulâtre effaré dit tout ce qu'il savait. Obéissant aux ordres de Barnett, il avait acheté ce couvent d'Ossat. Il y était arrivé trois semaines auparavant venant d'Espagne en compagnie de son maître et des deux français de Biskra : ceux-ci, rendus méconnaissables par un maquillage et des perruques, avaient passé pour ses domestiques. Depuis leur arrivée, *les trois* travaillaient nuit et jour à des manipulations chimiques auxquelles le mulâtre était d'ailleurs resté complètement étranger. Puis, quatre jours auparavant, Barnett donnait l'ordre de rendre la liberté à ses oiseaux. Enfin, l'avant-veille, le maître lui avait signifié qu'il n'avait plus besoin de ses services. Bien lesté d'argent, il se disposait à rentrer en Amérique en compagnie des deux serviteurs nègres. Seuls, *les trois* occupaient donc le monastère d'Ossat.

Ce coup de théâtre me laissa stupide : j'entrevoyais les incalculables conséquences attachées à la découverte des trois déments. Les autres s'en tenaient à l'affabulation du complot anarchiste. Mais pour moi qui étais averti !

Pourtant, une heure plus tard, je repris contact avec le monde extérieur en entendant discuter les mesures qu'on comptait prendre à l'égard des trois *anarchistes* de l'Ossat.

Par les confidences arrachées à Manuelo, l'on avait appris qu'ils possédaient des armes, des munitions, des vivres pour six mois. Ces précautions impliquaient une idée de résistance, qu'encourageait encore la disposition toute particulière des lieux.

Justement, le Préfet donnait des détails très curieux sur la topographie du Mont d'Ossat, un noyau de granit encastré dans une masse de marbre. Aux époques éruptives, ce jet granitique avait traversé les sédiments calcaires déjà formés, et crevé à l'extérieur pour constituer le sommet du mont. C'était sur cette aiguille de roche dure que les franciscains avaient construit les bâtiments de leur monastère, prélevant les matériaux sur le granit lui-même, en gens pour lesquels le temps et la peine ne comptent pas. Le couvent avait donc été conçu comme une forteresse : il était destiné d'ailleurs à briser l'assaut des Sarrasins. Il formait un ensemble de constructions massives, entourées d'un mur épais de quinze pieds. Des portes en chêne bordées de fer, des grilles énormes commandaient l'entrée des quartiers divers ménagés entre les cours intérieures. Pour être maître de l'ensemble, des assiégeants étaient donc tenus d'enlever successivement ces véritables réduits.

Mais avant de songer à enlever, il fallait y atteindre. Or, à l'exception du mauvais chemin tracé par les moines, que les gens du pays appelaient « l'escalier de marbre », la montagne dressait une série d'escarpements abrupts.

Le Préfet ne cachait donc pas sa perplexité : si les trois hommes avaient vraiment des idées de résistance, il fallait s'attendre à un combat meurtrier. D'autant plus terrible que le Président du Conseil, tenu minute par minute au courant des événements, téléphonait de s'emparer coûte que coûte des Trois et d'employer au besoin les moyens extrêmes, le canon et la mine.

Pauvre Roger ! Maintenant que l'autre danger semblait à la veille d'être écarté, mon cœur saignait d'une pitié fraternelle. Mais comment tendre une main secourable à ce fou furieux ?

Tant que le trio diabolique n'aurait pas été réduit à l'impuissance, toute compassion devait s'effacer devant l'intérêt supérieur de l'humanité.

Enfin, je puisai un peu d'espoir dans les résolutions qui furent arrêtées Avant d'attaquer de vive force, on allait essayer c une surprise. Deux bataillons de la garnison de Tarbes partirent en pleine nuit en camions automobiles ; un détachement d'artilleurs les accompagnait avec un fourgon d'explosifs.

Ces troupes allaient cerner le Mont d'Ossat ; selon toute probabilité, elles seraient en place vers trois heures du matin. Avant le point du jour, un groupe de volontaires, renforcé par des artilleurs munis de pétards à la mélinite, grimperaient sans bruit par « l'escalier de marbre » jusqu'à la porte de l'ancien couvent. Sans somma-

Eclairé par la lumière blafarde des projections électriques... (page 76)

tion préalable, on la ferait sauter, l'on chercherait à joindre au plus vite les trois habitants, en profitant du trouble que ne manquerait pas de leur causer ce coup de brusque surprise.

Ce plan 'était sagement combiné pour éviter une effusion de sang !

Mais, hélas ! cette fois encore, la sagesse devait reculer devant la folie, et la surprise allait être pour nous !

CHAPITRE XIX

LA GUERRE DU NÉANT

Aujourd'hui, avec le recul des années, on a à peu près perdu le souvenir de la tragédie qui se déroula autour du Mont d'Ossat en ce milieu d'avril 19... D'ailleurs, même en relisant les journaux de l'époque, il est bien difficile de se faire une opinion nette sur ces événements obscurs et diversement rapportés. L'imprécision des récits, les causes inexpliquées, parce qu'inexplicables, le malaise dans lequel fut jetée la curiosité publique insatisfaite, tout contribua à épaissir le mystère et à favoriser le secret formidable, apanage de quelques rares personnes.

On ne pouvait pourtant pas crier à la foule que dans ce coin de terre se débattait la vie ou la mort du Monde !

Mais je reprends mon récit au moment où une automobile m'emporta par la nuit noire en compagnie du Préfet, du Procureur de la République et du Général de Lozières, commandant la Place de Tarbes. Par une faveur spéciale, le petit Etienne avait été admis à se blottir auprès de moi dans un coin de la voiture. Il m'en eût coûté de me séparer de cet enfant, qui, après tout, était à même de donner des renseignements utiles sur Livry. Dans une

deuxième voiture suivaient des gendarmes escortant le mulâtre Manuelo et le nègre Jim : on les emmenait à tout hasard, bien que déjà l'on eut compris le peu de secours à tirer de ces comparses, le premier chiffe humaine suant la peur au point d'en perdre la mémoire, le second, brute colossale incapable de fournir la moindre explication.

Nous nous dirigeons vers le Mont d'Ossat : une course de 25 kilomètres.

Ce fut aux deux tiers de la route que se produisit un phénomène assez singulier, dont nous devions avoir l'explication quelques heures plus tard. Je dis phénomène, bien que le fait pris en lui-même fût absolument simple : dans la nuit très calme, où l'absence de tout vent contribuait à faire le silence, un souffle puissant passa, agitant les arbres qui bordaient la route ; un sifflement qui semblait le résultat d'une aspiration géante se fit entendre dans les hautes couches de l'atmosphère ; puis, la durée d'une minute, on perçut le bruit d'un écroulement lointain. Et ce fut tout . la nature rentra dans le silence.

Dans la voiture, les conversations s'arrêtèrent. Tous nous avions tressailli comme au premier coup de foudre préludant à l'orage.

— Une avalanche dans la haute montagne ! murmura le Préfet.

Personne ne répondit : cela pouvait être vrai, et cependant pour ma part, j'eus la prescience intime d'une chose beaucoup plus redoutable.

Le spectacle qui nous fut offert aux premières lueurs du jour justifia ces pressentiments.

Au dire de mes compagnons, le panorama du mont d'Ossat se trouvait complètement modifié, et de quelle étrange façon !

Au lieu de la butte en forme de pyramide à large base, une aiguille de granit à section vaguement triangulaire se dressait verticalement au-dessus de la plaine. Au faîte de cette tour naturelle, le couvent des Franciscains dont les murailles surplombaient l'abîme à quatre cents mètres de hauteur. Seule, une table granitique débordait l'enceinte vers la pointe orientale du triangle, elle formait une sorte d'esplanade de quelques mètres littéralement suspendue au-dessus du vide et faisant face à la grille d'entrée.

A l'entour, se tenant à distance respectueuse de la base de l'énorme monolithe, les troupes arrivées dans la nuit, les paysans accourus des environs contemplaient ce décor fantastique avec une stupeur mêlée d'effroi.

Plus d'« escalier de marbre », plus de pentes même escarpées ! une muraille lisse, sans une saillie, sans un palier. La montagne de marbre qui enrobait la roche primitive avait disparu sans laisser de trace. Au niveau du sol, l'on retrouvait le terrain d'alluvion qui constitue la plaine de Tarbes, mais un terrain chaotique, défoncé de fondrières, semé de moraines, de débris d'arbres déracinés.

Pour les gens éclairés, ce changement à vue demeurait incompréhensible : un tremblement de terre ? un brusque affaissement du sous-sol ? rien dans les notions connues ne pouvait aider à bâtir une explication acceptable.

Et quant aux autres, les villageois, les soldats, ils n'étaient pas loin d'attribuer cette magie à une intervention divine ou diabolique. Tout naturellement, ces simples criaient qui au miracle, qui au sortilège.

Moi seul, je me trouvais en possession de la vérité. L'étrange bouleversement était dû aux manœuvres de Roger. Le couvent des Franciscains n'avait pas été choisi au hasard.

La curieuse particularité géologique de la montagne d'Ossat se prêtait merveilleusement aux épouvantables projets du fou. Déjà fort difficile, l'accès du couvent devenait impraticable après la disparition de la masse calcaire qui constituait les pentes de la montagne. Or, Roger savait par avance que son acide lui donnait le moyen de violenter la nature en supprimant le marbre d'un seul coup.

Alors, une terrible déduction s'imposait.

Après le geste de Barnett lâchant ses oiselets par une dernière et incohérente pitié, après le renvoi des serviteurs, l'écroulement de la montagne indiquait nettement que le chimiste était prêt.

Virtuellement, le savant coupait le dernier pont qui le reliait à la terre : l'Homme de l'Apocalypse allait commencer son œuvre !

— Bon, dit à côté de moi le Général de Lozière, ce phénomène inexplicable a du moins pour résultat de simplifier le problème : si nous ne pouvons grimper jusqu'à ces coquins, eux du moins sont dans l'impossibilité de redescendre. Les voilà en prison !

Et mû par un sentiment bien naturel, il ajouta :

— De cette façon, mes braves soldats n'auront plus à risquer leur vie dans une lutte imbécile.

Pauvre Général ! Je ne me chargeai pas de dissiper ses généreuses illusions. Je ne me reconnaissais pas le droit de divulguer le secret terrible.

On ne le connaîtrait que trop tôt, hélas !

Je jugeai avoir mieux à faire que de contempler béatement le nid d'aigles d'où la mort allait se répandre sur la terre. Au plus tôt, M. Luissant devait être mis au courant de la situation nouvelle, dont seul, je possédais la clé.

En hâte, je me fis reconduire à Tarbes. Ma tête était si pleine de pensées effarantes que je fus tout surpris lorsque l'auto me déposa devant le bureau des téléphones de la ville.

En m'adressant au receveur, je pus obtenir la communication immédiatement avec Luissant.

Au tremblement de sa voix dans le récepteur je sentis combien le Ministre fut impressionné par mes révélations ; et, encore, me défiant des indiscrétions du téléphone cherchais-je à tamiser la vérité.

— J'accours, me dit Luissant. J'emmène avec moi les personnalités les plus éminentes parmi les savants, les ingénieurs, les chefs de l'armée ; dès maintenant, je donne des ordres pour qu'on dirige sur Tarbes du matériel de diverse sorte. Nous tenterons tout ce qui est humainement possible !

Lé Président du Conseil arriva à minuit par train spécial. Avec lui, se trouvaient le Ministre de la Guerre, le Directeur de l'Artillerie, l'Ingénieur en chef des poudres et salpètres, le Chef de l'Aéronautique militaire, le Directeur du Bureau météorologique et encore, tout naturellement, MM. Tiérard-Leroy, d'Arsaumont et Manrichoff.

Les circonstances m'amenaient, moi, petit professeur bien effacé, à prendre place dans ce cénacle des plus hautes notabilités de la France.

Le conseil de guerre, et — quelle guerre !
— se tint au petit jour devant la masse
sombre de l'Ossat.

— Messieurs, prononça le Ministre avec
une gravité angoissante, il faut absolument que nous trouvions le moyen d'atteindre le sommet du pic et les gens qui
l'occupent. Faites-moi crédit des raisons
immenses qui motivent cette nécessité :
dites-vous seulement qu'elles dépassent la
raison d'Etat, qu'elles touchent, si vous
voulez, à ce que j'appellerais la *raison humaine*.

Et si vous jugez que mon émotion, mes
efforts, ma volonté tendue sont excessifs et
ridicules en regard du but à atteindre, je
prie instamment MM. Tiérard-Leroy, d'Arsaumont et Manrichoff de me démentir...
Je vous fais la même prière, à vous monsieur Paul Lefort, qui sacrifiez ici à ces
exigences supérieures une amitié étroite,
quasi-fraternelle.

Après les grands savants dont le ministre invoquait l'indiscutable témoignage,
j'inclinai la tête. Alors, il parut bien qu'un
frisson secoua l'épiderme des autres, de
ceux qui ne savaient pas encore.

Ensuite on discuta. Et au cours des explications échangées, il fallut bien laisser
sourdre quelques rayons de l'extraordinaire vérité.

Tour à tour furent examinés tous les procédés d'escalade. Aucun ne donna satisfaction. S'élever à l'aide d'échelles le long
des flancs du roc était théoriquement
possible, mais, un tel travail exigeait l'établissement de paliers successifs. Même
avec l'emploi des forages électriques les
plus perfectionnés, les ingénieurs fixaient
à plus d'un mois la durée de l'entreprise.
Encore, supposèrent-ils que les fous de la
cîme ne tenteraient rien pour s'y opposer.
D'ailleurs, la voix tranchante du ministre
jeta ces mots dans le débat :

— Avant huit jours, il faut que nous
soyons là-haut. N'est-ce pas, monsieur
Thiérard-Leroy ?

— Il le faut ! répéta l'astronome.

— J'ai pensé d'abord à nos aéroplanes,
prononça encore M. Luissant ; mais, de
l'avis même du Général chef de l'Aéronautique, ce serait folie que de songer à atterrir sur cette pointe de roc effilé ou dans
ce chaos des toitures. Les dirigeables au
contraire pourront planer au-dessus de
l'Ossat, peut-être déposer quelques hommes résolus dans une des cours intérieures.

Le chef de l'Aéronautique militaire fit
un signe d'assentiment.

Le ministre reprit :

— Sous quarante-huit heures ; nos six
dirigeables disponibles doivent rallier Tarbes, quel que soit le temps.

« Mais il va sans dire, ajouta l'homme
d'Etat, qu'auparavant nous aurons mis les
monstres hors d'état de nuire.

Ce sera la tâche de notre aviation. Mieux
que moi, le Général Hochteim vous expli-
quera.

Alors, le Chef de l'Aéronautique déroula
le plan bien simpliste de l'emploi des
avions.

D'abord, quelques appareils de chasse
survoleraient l'Ossat ; première reconnaissance, qui permettrait de prendre des pho-
tographies.

Puis, une escadrille de bombardement
interviendrait, qui déverserait sur les bâtiments des tonnes d'explosifs et d'obus a
gaz. On pouvait escompter, d'une part, la
destruction ou plutôt la dispersion des
substances chimiques agencées par Livry,
de l'autre, l'asphyxie certaine des trois misérables. Ensuite, une équipe de spécialis-
tes munis de masques à gaz pourrait être
débarquée à loisir pour vérifier les effets.

Tout ceci semblait fort logiquement
conçu

Il s'en dégagea une impression de soulagement immense.

Après l'émotion du premier moment, il
apparaissait aux yeux des plus timorés
qu'on s'était peut-être exagéré sinon le péril lui-même, du moins le moyen de le
conjurer d'une façon aussi sûre que rapide.

Moi seul, je baissais la tête : on venait
de prononcer la condamnation à mort de
Roger.

J'eus tant voulu sauver ce malheureux !
Mais comment aurais-je pu implorer en
sa faveur !

Sur l'heure, les ordres d'exécution vont
pouvoir être lancés.

Un poste automobile de radiotélégraphie
vient d'arriver de Tarbes. Facilement, il
communiquera avec la grande station de
la Croix d'Hins près de Bordeaux ; de là,

par téléphone, on atteindra le camp d'aviation d'Istre, où dans la nuit, tout dut être mis en branle.

Pourtant, cette télégraphie sans fil, si entrée dans la pratique, ne donne pas.

Est-ce un défaut « d'accord », un déréglage des appareils émetteurs ? En tous cas, les ondes ne transmettent pas.

Après plusieurs essais infructueux, on se décide à envoyer tout bonnement une depêche par un motocycliste, au plus proche bureau télégraphique.

— Mauvais début, murmure M. Luissant.

Aucun ne dit mot.

Les heures passent, avec quelle lenteur ! J'ai froid !

Est-ce une fâcheuse prédisposition de mon être physique privé de sommeil, ou bien une impression fallacieuse de mes nerfs par laquelle j'éprouve à l'avance *la sensation attendue ?*

Non. D'autres que moi semblent subir les effets incommodants de la fraicheur atmosphérique. Elle s'accentue à n'en pas douter ; elle contraste étrangement avec le soleil qui monte à l'horizon et devrait d'autant mieux nous réchauffer de ses rayons.

Sur l'invitation de M. Luissant, notre groupe va chercher un abri dans une mauvaise auberge de rouliers, perdue à l'embranchement de deux routes.

La salle commune est déjà envahie par les soldats. Nous nous réfugions dans une chambre au mobilier fruste. Une brassée de sarments jette une flamme claire dans le foyer et chasse l'odeur de moisi qui règne dans la pièce.

Onze heures : notre impatience inquiète et désœuvrée trouve enfin une diversion.

CHAPITRE XX

DÉCEPTION — DÉSASTRE

On signale trois aéroplanes dans la direction du Nord-Ouest. Ce sont les avions de reconnaissance.

Ils volent à une assez faible altitude, malgré le ronflement sonore de leurs moteurs. Ils passent au-dessus de l'aiguille de l'Ossat, et virent aussitôt pour atterrir en arrière du point où nous nous tenons, un tertre qui domine la bifurcation des deux routes.

Les aviateurs font leur rapport.

Ils ont rempli leur mission. Plusieurs vues photographiques de l'Ossat ont pû être prises. Ils n'ont d'ailleurs distingué aucun être humain dans l'enceinte du couvent. Ils se plaignent du froid et du mauvais rendement de leur moteur.

Une heure s'écoule encore ; et voici l'escadrille des gros avions de bombardement. Les appareils volent très bas, 150 mètres au plus ; de brusques « rebroussements » paraissent ordonnés par le chef de file pour redonner de l'altitude. Chacun devine qu'ils veulent passer au-dessus de l'aiguille.

Mais il nous semble qu'ils n'arrivent pas à survoler l'obstacle, car ils s'égaillent, à droite, à gauche, pour doubler l'étrange obélisque à mi-hauteur, 200 mètres à peine.

Qu'est-ce à dire ? Des appareils qui atteignent normalement 7.000 mètres ! C'est du moins le chiffre que donnent les professionnels qui m'entourent.

Lourdement, les gros avions gagnent le parc d'atterrissage voisin qui leur est indiqué par des fanions.

Vingt minutes après, le Commandant de l'escadrille, le Capitaine Tenan, un « as » entre les « as » se présente à son chef, le Général Hochtheim.

— C'est à n'y rien comprendre, mon Général, fit-il. A environ 20 kilomètres de ce lieu, nos appareils ont marqué une perte de hauteur régulière, comme s'ils tombaient suivant un plan incliné.

S'il s'était agi d'un ou deux avions, sur mes six, j'eus pû mettre la chute au compte d'une faiblesse de moteur, d'une fuite d'essence. Mais toute l'escadrille !

Et avec un geste de dépit :

— Explique qui pourra ! Mes aéros « plafonnaient » à 200 mètres, péniblement encore !

Constatation déconcertante.

— Faites-moi un rapport ! grogna le chef de l'Aéronautique, très marri de voir une première faille au plan si judicieusement exposé par lui dans la matinée.

— Vous réussirez mieux avec vos dirigeables, dit M. Luissant ; pour apaiser cette déception.

— En attendant, je veux faire en sorte que les gens de là-haut sentent notre surveillance peser sur eux, ajouta le Général.

« J'attends des ballons d'observation et avant l'entrée en scène des gros dirigeables, dès cet après-midi, nous allons pouvoir assister à une ascension captive. Le parc aérostatique amené de Bordeaux débarque en ce moment à la station la plus proche. Dans une heure, il sera à proximité de l'Ossat.

Nous allons déjeuner.

Sans attendre la fin du repas, servi avec une désespérante lenteur par les gens de l'auberge, le Ministre se lève de table. Nous le suivons tous.

A pied nous gagnons la lisière d'un petit bois. Là doit s'effectuer l'ascension.

Un Capitaine qui a devancé sa colonne, examine les lieux. Rien ne sera plus facile, affirme-t-il, que de faire planer une « saucisse » à cent mètres au-dessus de l'aiguille de l'Ossat. Ainsi, l'on pourra compléter la reconnaissance des avions, découvrir peut-être à la jumelle l'emplacement des « réfrigérateurs » de Livry.

Cette première ascension promet donc des résultats très importants. Qui sait ? La solution vainement cherchée va peut-être apparaître tout d'un coup.

Si ténu que soit l'espoir, il s'impose quand même, il éclaire nos physionomies.

Mais voici l'aérostat captif qui paraît ; sa silhouette baroque se balance à quelques mètres au-dessus de la voiture treuil sur laquelle est enroulé le câble métallique.

La « saucisse » a été gonflée en cours de route. Insuffisamment sans aucun doute, car elle paraît flasque ; sa force ascensionnelle est très faible. Qu'à cela ne tienne ! Derrière suit la voiture à tubes d'hydrogène comprimé : en un quart d'heure, on va regonfler au point.

La tubulure est mise en place ; le robinet ouvert ; mais le gaz ne fuse pas.

— Rien ! aucun vent...

— Alors l'hydrogène est avarié, déclare le capitaine vexé.

Tous nous sommes nerveux, déçus par ce nouvel insuccès.

Heureusement, une bonne nouvelle vient pallier l'ennui provoqué par cet incident fâcheux.

On appelle le Ministre au téléphone de fortune installé sous une tente.

Après quelques instants de conversation, Luissant revient vers notre groupe.

— Un succès, messieurs, dit le Ministre. Le « Colonel-Renard » et « La France » planent au-dessus de Tarbes. Les Commandants des dirigeables demandent les ordres par signaux optiques. Car décidément, il semble que nous devions faire notre deuil des appareils de T.S.F. Ils ne fonctionnent plus.

Le Général Hochtheim ordonne à « La France » de pousser jusqu'au Mont d'Ossat et d'exécuter la reconnaissance qui n'a pu s'effectuer. Avant une demi-heure, l'aéronat sera en vue.

Nous nous reprenons à espérer.

Cette fois, rien ne paraît de nature à troubler les évolutions du dirigeable.

Comme il arrive souvent à l'heure du coucher du soleil, la brise est tombée, l'air est admirablement calme. Déjà les guetteurs postés sur une colline s'agitent, font des signaux dans la direction du Nord.

Précédé par Etienne qui galope à toutes jambes, je monte jusque-là.

Luissant nous rejoint. Il communique les informations complémentaires qu'il vient de recevoir sur les grosses unités aériennes.

Car, dès la veille au soir, les dirigeables alertés ont pris leur vol. Avec des fortunes diverses ils tentent de gagner les Pyrénées.

Le « Ville de Paris » parti de Toul s'est échoué dans le Duché de Bade.

Le « Ville de Nancy », de Mayence, a été entraîné vers le Nord-Est : on a signalé le ballon passant au-dessus d'Utrech ; peut-être s'est-il perdu dans la mer du Nord !

Le « Patrie » sortant tout battant neuf des ateliers de Moisson a dû rentrer à la suite d'une panne de son moteur.

Le « République » fait escale à Clermont-Ferrand ; dans la soirée, il reprendra sa route vers le Sud-Ouest.

En somme, seuls, le « Colonel-Renard » et la « France » deux dirigeables de la Marine, partis de Toulon le matin ont pu accomplir sans arrêt leur voyage aérien. Malgré le vent d'Ouest soufflant avec persistance, les deux aéronats voyagent de conserve ; ont franchi les Cévennes, puis continué leur trajet jusqu'à Tarbes, où l'on éventre la façade de la halle aux grains pour leur permettre d'y trouver un refuge partiel.

Déjà, le long fuseau gris de « La France », un ex-zeppelin, fait tache dans le ciel bleu.

Le ballon grossit à vue d'œil. Mais est-ce une illusion, à mesure qu'il se rapproche, on dirait qu'il s'alourdit.

Autour de moi, les commentaires soulignent cette même impression : le ballon perd sa vitesse, tend vers la terre.

Maintenant, il est tout au plus à deux kilomètres, mais son altitude doit être inférieure à 150 mètres. S'agit-il d'une manœuvre pour atterrir ??

— Non ! déclare le Général de Lozières qui suit les évolutions avec sa jumelle. L'enveloppe se déforme, le ballon paraît se casser en deux...

Il pousse un cri...

— Malheur ! le ballon tombe.

Ce cri d'angoisse fut répété par tous les spectateurs. Avec une rapidité vertigineuse « La France » tournoyant sur sa pointe se précipitait vers le sol.

Ma respiration s'arrêta. Instinctivement, je fermai les yeux pour ne pas voir.

Un bruit sourd : c'est l'écrasement !

Une exclamation horrifiée monte de la plaine. On se précipite vers la lamentable épave. L'immense enveloppe recouvre comme d'un linceul la nacelle et les martyrs qu'elle renferme.

Je ne me sens pas le courage d'assister à l'horrible découverte des cadavres.

Je reviens sur mes pas jusqu'à l'auberge.

Je m'écroule prostré devant une table, la tête prise dans mon bras.

Le Ministre m'a suivi, accompagné de son état-major. Comme dans un songe, j'entends les doléances du Général Hochtheim et la constatation étrange et désespérante à laquelle il a voulu procéder lui-même.

Les avions ne peuvent plus décoller du sol !

Quel incroyable sortilège retient donc les appareils aériens, conçus par le Génie de l'Homme, merveilleuses machines qui ont fait leur preuve !

Le fait est là : ces machines ne peuvent plus voler !

— Qu'importe ! dit le Ministre, nous tenterons d'autres moyens ! Le canon, la mine !

Nous revenons sur le terrain de l'étrange lutte.

Devant l'incroyable faillite de l'aviation et de l'aérostation, la parole est donnée aux artilleurs. Certes, un bombardement du couvent était chose possible, sous condition d'amener des engins spéciaux. Pour faire tomber des projectiles à une altitude de 400 mètres dans une zone relativement étroite, on ne pouvait songer à se servir des canons de campagne : les projectiles n'eussent produits que des éraflures insignifiantes sur les murailles de granit. A tout le moins, il fallait employer des bouches à feu beaucoup plus puissantes, des mortiers propres au tir plongeant, susceptibles de tirer des obus à grande capacité d'explosifs.

Cette mise en œuvre entraînait le transport d'un matériel extrêmement lourd, l'installation de plates-formes, enfin le prolongement de la voie ferrée et l'établissement d'un épi jusqu'au lieu fixé pour la construction des batteries. De là, des travaux d'art, des aménagements de route. On se heurtait donc au même facteur inerte, impossible à violenter, le temps.

Le directeur de l'artillerie estimait à plus de huit jours le délai nécessaire avant qu'on puisse tirer utilement le premier coup de canon.

— Et encore, ajouta le Général, sans doute pour la plus grande mortification de son amour-propre d'artilleur, des milliers d'obus pourront tomber sur le couvent sans produire de résultats appréciables. Certes, nous brûlerons tous les matériaux combus-

tibles. Et après ?

— Il ne suffira pas de détruire ! interrompit Luissant presque avec violence. Le problème ne sera tranché que si nous parvenons à prendre pied là-haut...

Et tendant son poing crispé vers la cîme abrupte :

— Comprenez-moi bien, mes amis, nous devons mener ici une lutte pour la vie. D'une manière saisissante, Luissant martela ce dernier mot ; et, plein de grandeur, le geste de sa main ouverte parcourut tout le tour de l'horizon, rencontra le soleil, s'élargit vers le ciel.

Comme une réponse à cette muette invocation, à la terre et à l'Univers, là-haut, sur la montagne maudite, au faîte du clocher trapu qui émergeait des murs crénelés du monastère, un drapeau en forme de flamme se déploya lentement.

— Le drapeau noir ! murmura le général de Lozières qui avait braqué sa jumelle vers la cîme.

Puis, au moment où le soleil disparaissait derrière les monts nimbés d'or, une fraîcheur subite tomba de la nue, comme une douche invisible et glacée.

Par cette splendide soirée de printemps, l'Homme de l'Apocalypse déclarait la guerre à la Vie !

CHAPITRE XXI

Encore une veillée d'épouvante et de larmes.

Nous nous étions terrés, le Ministre, les Généraux, les savants et moi, dans la salle basse de l'auberge.

Une désespérance infinie pesait sur nous. Malgré le repas convenable que le Préfet avait fait apporter de Tarbes, la nappe blanche et la lumière crue jetée par deux phares d'automobile servant de luminaire, nos esprits n'arrivaient pas à surmonter la prostration qui nous étreignait.

Jamais, aux heures les plus critiques de la guerre, à la veille des attaques, sous les bombardements, je n'avais été témoin d'une telle dépression.

Après ce semblant de dîner où l'on toucha à peine aux aliments, chacun chercha son coin, pour songer ou s'assoupir. Le Ministre refusa le lit de camp qu'on lui avait préparé.

Vaincu par la fatigue, je cédai à un sommeil lourd.

Brusquement, vers minuit, une détonation formidable me mit sur mon séant, en même temps que tous mes compagnons.

Les carreaux des fenêtres avaient volé en éclats.

La plupart d'entre nous se trouvaient projetés sur le parquet, se débattant parmi une obscurité profonde.

A la lumière d'une lampe électrique de poche, nous pûmes nous reconnaître.

Ceux qui avaient été bousculés parmi les bancs et les chaises renversés se relevèrent.

A part quelques égratignures causées par les éclats de vitres, personne n'était blessé.

— Qu'est-ce encore ? interrogea le Ministre.

— Sans doute une explosion toute proche, supposa le Général de Lozières.

— Dans la direction du parc d'aviation, s'écria le Général Hochtheim sur le seuil de la porte entr'ouverte. Oh !... Cette lueur... là-bas, tout brûle.

Nous nous précipitons au dehors sur les traces du chef de l'aéronautique, guidés par la fumée rouge qui monte vers le ciel.

Des détachements campés dans le voisinage accourent. Mais des cris impératifs se font entendre qui dominent le tumulte :

— N'approchez pas ! N'approchez pas !... Les gaz !...

Un officier, les yeux hagards, les vêtements en lambeaux nous donne l'explication :

Les bombes apportées par les avions et abritées sous des bâches ont fait brusquement explosion, incendiant les aéroplanes, fauchant le personnel du parc.

UN CRIME !

Il ne précise pas sa pensée. Mais tous comprennent et d'un geste instinctif se tournent vers l'Ossal mystérieux.

De nouveau un profond silence règne sur la plaine.

Nous rentrons dans l'auberge pour éviter la morsure du froid. Tant bien que mal, on calfeutre l'ouverture des fenêtres sans vitres à l'aide de bottes de paille et de couvertures.

De grosses bûches rendent à la pièce un semblant de chaleur.

Moi, je continue à grelotter jusqu'à l'aube, toujours dans l'attente d'un nouveau sinistre.

Enfin le jour paraît.

En lisant sur les visages douloureux la détresse morale de ceux qui l'entourent, Luissant cherche des paroles de réconfort, qui sonnent faux.

Ah ! Roger, Roger, s'il existe quelque part un Dieu vengeur, ta démence pourra-t-elle te valoir le pardon de ton crime !

Durant ces réflexions douloureuses, je marche instinctivement vers l'Ossat, mes yeux restent fixés sur ce mont d'épouvante.

Mais qu'est-ce donc cette chose blanche, qui tombe le long de la masse de granit noirâtre ?

Cette chose s'écarte de la muraille, poussée mollement par la brise, elle descend lentement vers la plaine. On dirait un de ces parachutes en papier, qu'on vend dans les bazars comme jouet d'enfant.

Des soldats courent au-devant de cet objet qui arrive du ciel. Ils s'en emparent, s'assemblent à l'entour.

Puis le cercle se rompt, un sergent vient vers moi ; à la main il tient une forte enveloppe de toile gommée.

— Une lettre, monsieur, dit le sous-officier. Elle doit venir de là-haut.

« Vous voudrez peut-être vous charger de la remettre à M. le Président...

— Donnez, mon ami.

Je tressaille.

Du premier coup d'œil j'ai reconnu l'écriture ferme de Roger Livry.

Le fou a tracé cette suscription insolite : « Aux chefs d'Etat du Monde ». Quelle peut être la nature de cette communication, dont le seul titre dénonce l'orgueilleuse folie du misérable ?

Avant tous les autres, M. Luissant me paraît qualifié pour en prendre connaissance.

Je retrouve le Ministre à l'auberge des deux routes.

Il s'est réfugié dans un pauvre chambre qui lui a été réservée. Malgré toute la puissance qu'il possède sur lui-même, le courage de l'homme d'Etat marque un fléchissement.

Son doigt tremblant me désigne une mauvaise chaise de paille. Puis, il passe la main sur son front.

— Excusez-moi, monsieur Lefort, mais ce que je viens de voir est épouvantable... L'explosion a déchiqueté les uns. Les autres ont été terrassés sur place par les vapeurs asphyxiantes. Ah ! les malheureux, les malheureux !

Et faisant un effort pour chasser le funèbre tableau qui hantait son esprit :

— Voyons, de quoi s'agit-il ?

— Un message de Livry.

En quelques mots, je lui raconte la façon dont m'était parvenue la lettre.

Le Ministre rompt le cachet. Les sourcils froncés, il lit. Sur son visage énergique descend un masque de douleur et de résignation. Il me saisit les mains :

— Oh ! mon ami ! Cette fois je crois que nous sommes perdus !

Le timbre assuré de sa voix calme voile l'angoisse surhumaine contre laquelle il se raidit.

— Tenez, lisez vous-même.

Je prends la lettre. Je lis à mon tour :

« Je ne suis ni un barbare, ni un tor-
« tionnaire. Comme savant et comme fran-
« çais, je déplore profondément la catas-
« trophe du dirigeable qui prétendait accé-
« der jusqu'à moi ; et également, l'explo-
« sion de cette nuit, car elle dut faire des
« victimes. Je regrette de ne pas vous avoir
« averti que les radiations émises par
« mon acide attaquent l'hydrogène et mo-
« difient sa densité dans un rayon de 5.000
« mètres, qui va s'augmenter d'heure en
« heure.

« De même, vos avions ne pourront plus
« voler dans la zone de l'Ossat. L'air, dont
« la densité est modifiée, ne les porte plus.

« Renoncez donc à m'atteindre à l'aide

« de ballons. De même, ne comptez pas
« détruire mes installations frigorifiques
« au moyen d'un bombardement. D'abord
« elles sont à l'abri de vos coups.

« Ensuite, mes radiations décomposent
« vos explosifs et provoquent leur défla-
« gration. N'approchez pas de matières dé-
« tonantes à moins de 50 kilomètres, si
« vous voulez éviter de nouveaux mal-
« heurs ! Et puis, à quoi ces mesures d'at-
« taque vous conduiront-elles ?

« *Aucune puissance au monde ne peut*
« *désormais empêcher la suspension de la*
« *vie terrestre dans un terme qui ne sau-*
« *rait dépasser deux mois pleins.*

« En conséquence, votre devoir de gou-
« vernants est d'éviter de répandre l'alar-
« me. Laissez les êtres s'éteindre douce-
« ment dans un sommeil qui ne sera pas
« éternel.

« Après des siècles, une vie nouvelle re-
« fleurira sur la terre. En vertu de la loi
« du progrès, pour l'homme futur, cette
« vie s'adaptera à un organisme plus per-
« fectionné.

« L'être nouveau ne connaîtra pas les ta-
« res affreuses qui proviennent de l'imper-
« fection lamentable de nos organes et de
« nos sens rudimentaires. Parmi ces maux,
« je ne citerai que ceux dont je connais
« l'horreur pour les avoir éprouvés ou re-
« connus durant mon existence : la guerre,
« la tuberculose, l'alcoolisme, la folie, le
« mal d'aimer, le plus grand de tous !

« Avant tout, je rêve d'une humanité qui
« n'aurait qu'un sexe et pas de cœur ! De
« celle-là, sortirait le véritable surhomme !

« Pour qui jugera sainement mon œuvre,
« je ne suis pas une Puissance du Mal, je
« ne suis pas un faiseur de Néant. *J'ai*
« *conscience de déterminer un bond du*
« *progrès, car le temps n'est rien, les siè-*
« *cles marquent à peine les heures de l'his-*
« *toire du Monde.* Je suis l'Annonciateur
« de l'Ere nouvelle, je suis l'homme de
« l'Apocalypse ! »

Hélas ! depuis longtemps, je connaissais l'étrange théorie du dément. Mais une nuance me frappa dans cette profession de foi in-extremis, ce fut l'amertume et le désenchantement qui perçaient sous la superbe des déclarations, et aussi ce besoin de se justifier qui revenait à plusieurs reprises.

Quant à M. Luissant, tristement, il hochait la tête, le regard perdu dans un songe lointain.

Et à mi-voix, il murmura :

— Au point de vue philosophique, ce fou est peut-être un sage en nous prêchant la résignation pour le présent et la foi dans l'avenir !

Mais, en cette minute poignante, ce fut moi, le faible, qui puisai dans mes lancinants remords le courage et l'ardeur nécessaires pour remonter ce fort.

— Ecoutez-moi, monsieur le ministre, j'ai pénétré jusqu'au fond l'âme de ce malheureux Livry. Eh bien, de par le ton de sa lettre, il me semble entrevoir une fissure par où un peu de pitié s'est glissée jusqu'à son cerveau de malade exaspéré.

« Ah ! si seulement je pouvais arriver auprès de lui, si je pouvais lui crier : « Grâce pour le Monde ! »

Luissant eut un geste qui me laissa entendre à quel point il jugeait mes vœux illusoires. Et d'une voix sourde :

— Comme moi, vous n'avez pas lu les journaux ? Vous ne connaissez pas les dépêches des agences ? — et de sa main, il me désignait un monceau d'imprimés épars sur la table mal équarrie.

Eh ! bien, malgré tous les moyens dont je dispose pour faire le silence, avant quelques jours, la vérité terrible va éclater.

La presse ne saurait se contenter longtemps des racontars que je laisse filtrer, des cancans que mes bureaux n'ont garde de démentir.

Tout naturellement, on commence à s'émouvoir des mouvements inusités qui s'opèrent dans la région de Tarbes.

Les feuilles de l'opposition parlent d'un vaste complot anarchiste, d'une sorte de Maffia dont le centre d'action serait situé sur la frontière des Pyrénées et recevrait les mots d'ordre de Barcelone.

Les journaux socialistes poussent les hauts cris, disent que le gouvernement procède à une mobilisation secrète, dénoncent notre intention de déclarer brusquement la guerre à l'Espagne à propos du Maroc...

Le Ministre ne put réprimer un haussement d'épaules.

— Et nos dirigeables dispersés aux quatre coins du ciel, l'un désemparé, l'autre perdu ! Mais quel ne sera pas l'affolement de l'opinion en apprenant les catastrophes d'hier et de cette nuit.

Déjà, les correspondants venus de partout assiègent le bureau de la presse que j'ai fait établir à Tarbes. Demain, malgré mes efforts, ils seront ici, au milieu de nous. Que leur dire ?

A Paris, la Chambre commence à devenir houleuse ; à la Bourse, la rente a encore baissé de dix points.

Et le ministre avec un sourire d'amertume et de mépris :

— Encore, s'il n'y avait que la rente !

Ma résolution ne fléchit pas devant ce désenchantement profond et raisonné. Et, sortant une idée, qui depuis la lecture de la lettre, s'ébauchait confusément dans mon cerveau :

— Monsieur le Ministre, il nous reste peut-être un dernier moyen d'atteindre le sommet, un moyen auquel nous n'avons pas encore songé.

— Lequel donc ?

— Le vol à voile !

Luissant retrouva son amer sourire.

— Parbleu, mon pauvre Lefort, vous avez entendu hier les déclarations du Général Hochtheim ! Si cet homme, audacieux entre tous, renonce à employer son arme, c'est que votre idée n'est pas réalisable.

— Cependant, voyez les nouveaux Icares ! Ils volent maintenant à des hauteurs qui de beaucoup dépassent l'Ossat.

Dernièrement, Guy Mayrol n'a-t-il pas atteint 1500 mètres ?

— C'est vrai. Mais ce sont là des exploits exceptionnels. Et puis, il n'est pas question seulement de l'altitude. Dans le cas qui nous occupe, où voyez-vous la possibilité d'un atterrissage pour un alérion supporté par le vent et qui ne peut suspendre sa course.

— Mayrol accomplit chaque jour des merveilles d'audace et d'adresse. Pourquoi ne se laisserait-il pas « tomber » dans une des trois cours du couvent ?

— Admettons. Mais croyez-vous donc que les fous de là-haut le laisseraient se poser ? Ils le tueraient.

— Je m'en tiens toujours à l'hypothèse d'un passager à débarquer ; je suppose plus encore, le débarquement s'opérerait la nuit.

— Oh ! oh ! mon cher, vous tombez dans

l'invraisemblance.

— Au point où nous en sommes, vous l'avez déclaré, tout doit être tenté, même l'impossible !

— Je vous l'accorde. Mais, où est l'audacieux prêt à risquer l'aventure, sans que pour le décider, il soit besoin de le mettre dans le secret terrible ?

— Je crois que Guy Mayrol accepterait : je connais des arguments susceptibles de le décider.

Rapidement, je retraçai la scène du camp de Châlons où Roger, par un impromptu génial, avait secondé si heureusement les efforts du jeune chercheur.

— Appelez donc Mayrol, dit le Ministre, d'un ton désabusé.

Je me précipitais au téléphone.

En dix minutes, j'avais trouvé la piste de Mayrol. Il s'exerçait à l'aérodrome de Juvisy, où il venait précisément d'essayer un nouveau modèle d'alérion.

En une demi-heure, mes vœux étaient en passe de se réaliser. Je n'avais pas eu besoin de beaucoup de phrases pour décider le héros du vol sans moteur ; simplement, je lui dis qu'il s'agissait de sauver cet inconnu mystérieux, cet *homme de l'Apocalypse* qui avait traversé son existence comme un bon génie jamais revu depuis. Et en lui donnant cette raison, j'étais sincère : tout en essayant de sauver les hommes, pourquoi n'aurai-je pas songé à préserver aussi l'homme qui m'était particulièrement cher ?

J'ai encore présentes à la mémoire ces nobles et simples paroles par lesquelles Mayrol me fit connaître son acceptation :

— Je dois tout à votre ami, mon succès, ma fortune. Faites état de moi !

Les détails furent vite arrêtés. A Juvisy même, par ordre du Président du Conseil, un train spécial allait être formé pour conduire à Tarbes Mayrol, son équipe d'aides et les deux meilleurs de ses appareils. Il partirait à quatre heures du soir, il serait au Mont d'Ossat demain dans la matinée.

Malgré le succès rapide de mes démarches, j'étais trop agité pour goûter la paix d'un soulagement.

Incapable de tenir en place, je me fis conduire à Tarbes. J'emmenai avec moi Etienne Tourte pour soustraire cet enfant à l'ambiance sinistre de l'Ossat.

Je pus prendre quelques heures de sommeil dans un lit d'hôtel. Néanmoins, trois heures avant l'arrivée du train spécial, j'étais à la gare, attendant Mayrol.

CHAPITRE XXII

LE SAUVEUR

Mayrol arriva à 8 heures. Aussitôt, le jeune homme s'occupa de faire décharger ses alérions. Leur long fuselage portait sur deux trucks. Les ailes repliées, les merveilleux planeurs ressemblaient, en gigantesque, à ces libellules jaunes qui se posent sur les joncs des marais.

Le long des barrières, en dépit du froid très vif, une foule s'était amassée suivant les péripéties de la manœuvre.

J'observai que ces gens n'avaient plus l'agitation verbeuse et bruyante qui distingue les badauds du pays méridional.

Une curiosité inquiète, une angoisse mal définie, voilà ce que je lisais sur ces visages fermés.

Je me souviens avoir vu jadis une telle foule près de Douai, dans le pays noir : elle stationnait à l'entrée d'un puits de mine sur le bruit qu'une explosion de grisou venait de se produire.

Comme le redoutait le Ministre, les allées et venues, les déplacements de troupe, le mystère dont s'entourait le Mont d'Ossat, tout cet ensemble de faits inhabituels commençait à énerver l'opinion.

Grand Dieu ! que serait-ce si l'on venait à savoir !

Je fermai mon esprit au cauchemar des tableaux d'épouvante qu'évoquait l'éventualité peut-être proche de l'universelle panique !

Oui ! Luissant avait raison lorsqu'il déployait toute son énergie à faire le silence.

Y a-t-il quelque chose de plus impitoyable, de plus cruel que de laisser entendre à un malade qu'il va mourir !

Et j'admire le stoïcisme du petit Etienne *qui sait, lui*. Néanmoins, il regarde, amusé, le débarquement des appareils.

Mais déjà les alérions sont hissés chacun sur un camion plat à moteur, de ceux qu'on emploie pour transporter les « tanks ».

Dans une automobile, je prends place avec Mayrol.

Les camions et les mécaniciens suivent.

Pour ne pas donner l'éveil aux déments de l'Ossat, il est entendu que nous nous arrêterons hors des vues du sommet.

Les alérions sont remisés dans deux granges qui s'ouvrent à l'orée d'une vaste plaine.

Mayrol et moi, toujours flanqué du gamin, nous continuons notre route vers l'aiguille de granit.

Jusqu'à présent, je ne me suis pas répandu en explications... J'ai compris que ce grand jeune homme au flegme imperturbable, voulait d'abord voir, puis juger avec son sens pratique.

Sans dire un mot, en fumant sa cigarette, Mayrol fait le tour du bloc noir, il l'examine sous ses différents aspects, scrute la roche en forme de bec qui se profile hors de l'enceinte du couvent. Il compare les données de ses yeux avec celles d'un plan que je lui ai remis, plan où sont cotées les altitudes, les dimensions. Longuement, il réfléchit, puis il revient vers moi.

— Monsieur Lefort, dit-il de sa voix naturelle, il s'agit n'est-ce pas, non d'un essai, mais d'une réalisation ?

Je fis un signe d'assentiment, et ma physionomie s'éclaira d'un espoir subit.

— Alors, ce serait possible ?

— Oui, grâce au vent qui souffle régulièrement et aux montagnes qui entourent la plaine de Tarbes.

« Je trouverai bien sur les derniers chaînons des Pyrénées, un point de départ placé à mille mètres, qui me permettra d'arriver au-dessus de l'aiguille.

« Là, je puis calculer mon affaire pour tomber sur le couvent par cercles successifs de plus en plus réduits, à la façon de l'épervier.

« Dans les derniers « ronds », le rayon est si court, que l'alérion tourne sur lui-même et demeure à peu près dans la verticale du point de chûte.

— Et vous descendriez ainsi dans une des cours intérieures ?

— Non pas, parce qu'alors, j'y tomberais comme un plomb ; ce serait la chûte à coup sûr mortelle qui n'avancerait à rien. Mais le passager peut profiter du moment précis de ma descente verticale pour se laisser glisser le long d'une corde de... mettons 15 mètres ; il devra en effet atteindre le sol de l'Ossat en me donnant assez de jeu pour redresser mon appareil et prendre la tangente en frôlant les toits. La fin de la descente vers la plaine n'est rien. Seulement...

— Seulement ? fis-je quelque peu éberlué par l'audace de cette manœuvre si posément expliquée.

— Il est indispensable que mon compagnon soit un gymnaste accompli, insensible au vertige. Enfin, pour que je conserve la pleine maîtrise de mes commandes, ce passager doit être d'un poids très léger, 50 kilos au maximum.

— Pas davantage ?

— Non ! si vous désirez *une réalisation*. Je demeurai anéanti.

L'espoir si vague, que je forgeais depuis la veille, s'effondrait lamentablement. Et pourquoi ? Pour une faible différence de quelques kilos !

Je pèse 67 et Mayrol ne peut en charger que 50, en gardant la souplesse de manœuvre nécessaire. Ainsi le sort du Monde dépendait de 34 livres en plus ou en moins...

Ah ! ce serait risible s'il ne s'agissait d'une chose aussi affolante !

Je serre la main du courageux pilote avec une expression navrée :

— Excusez-moi de vous avoir dérangé inutilement, mon cher Mayrol. Et puisque décidément personne ne peut atteindre le malheureux Livry...

— Personne !... Eh bien ! et moi donc, m'sieu Paul, vous ne me comptez pas !

Qui a parlé ?

C'est le petit Tourte.

A force de le voir autour de moi, compagnon inséparable de ces jours de souffrance, je l'avais ma foi oublié.

Et je découvre au-dessous de moi cette petite figure futée, qu'éclairent des yeux intelligents et décidés.

— Moi, je pèse 42 kilos ! fait-il avec assurance et fierté.

Mayrol et moi nous nous regardons sans mot dire : ce gamin nous avait étourdi par la proposition inattendue jetée au milieu de notre impuissance et de notre détresse.

Ah ! non, ni l'un ni l'autre nous n'eussions pensé à lui. Et déjà l'idée d'accepter ce secours d'un enfant nous faisait frémir. Mais lui, d'un ton qui cherche à convaincre précise maintenant son offre généreuse. Pour raisonner, il retrouve la faconde gouailleuse d'un enfant des faubourgs :

— Monsieur Mayrol a dit 50 kilos, pas vrai ? Pour lors, seul un astèque ou un gosse comme moi sont bons pour grimper. Et c'est quasiment comme si j'avais été fait sur mesure. Il faut quelqu'un d'agile : vous me connaissez m'sieur Paul ! J'ai des pattes de chevreuil montées sur un corps de bébé en caoutchouc ! Moi, qui en pleine marche saute en bas d'un manège de chevaux de bois à vapeur, je suis d'attaque pour descendre de l'alérion. Et le vertige donc ! connais pas ! Si je vous disais, monsieur Mayrol, que je m'amusais à me balancer à califourchon sur la poulie d'une grue perchée en haut de l'échafaudage entourant l'église Saint-Etienne-du-Mont. Les ouvriers couvreurs disaient que ça allait chercher dans les 75 mètres de haut.

« Voyez-vous, monsieur Lefort, sans vous offenser, c'est pas vous qu'avez appris à en faire autant.

Et pour conclure, il sortit cet argument :

— Pensez-vous que M. Roger veuille me chercher des misères, à moi, le petit meurt-de-faim qu'il a sorti de la confiture pour en faire un « monsieur ».

« Tenez, monsieur Paul, sans me vanter, plus que vous peut-être, je suis à même d'entrer dans la ménagerie. Oh ! je sais ce que vous allez me dire : Jobert et Barnett, deux mauvaises bêtes. Allons, les lions ne mangent pas les rats. Ensuite, là-dedans, M. Roger doit être quelque chose comme le dompteur : il me protègera.

« Et puis, enfin, faut-il vous le dire, ça m'amusera tellement de monter dans un alérion !

Quelle flamme d'envie brille dans les yeux d'Etienne lorsqu'il prononce ces derniers mots. Puis il rougit et murmure cette phrase qui nous livre le fond de son âme :

— Des fois, on parlera peut-être de moi dans les journaux.

Toute la psychologie du gamin de Paris est renfermée là !

Malgré le poignant de la situation, Mayrol et moi, nous ne pouvons nous défendre d'échanger un sourire. Et de par le jeu de sa physionomie, je sens que l'aviateur me remet la responsabilité de la décision à prendre.

En des temps ordinaires, elle m'eut semblé monstrueuse, l'idée de discuter la proposition héroïque de ce petit.

Mais nous traversions une crise hors nature, où les questions de vie et de mort ne pouvaient se poser sur leur angle habituel.

Certes, les dangers guetteraient l'enfant à chaque pas. Mais *l'autre danger*, le danger silencieux ne s'affirmait-il pas à chaque heure plus terrible ?

A midi, en plein soleil, au milieu d'avril, dans cette région renommée pour la douceur de son climat, les mares formées dans les bas-fonds sont couvertes d'une croûte de glace ! Plus que les raisons très judicieuses données par Etienne, ce fut peut-être la vue anormale de cette eau congelée qui agit sur ma décision.

— Ainsi, dis-je d'une voix grave, tu es sûr de ne pas avoir peur ?

En s'étonnant, Etienne affirma sa bravoure :

— Peur, monsieur Paul ! Mais de quoi et de qui ? Pas de M. Mayrol, pas de M. Roger. Alors ?

Pour toute réponse, je saisis dans mes bras l'ex-patronnet et, après l'avoir embrassé sur les deux joues :

— Eh ! bien, va ! mon brave petit.

L'émotion me serrait à la gorge, je dus faire un effort inouï pour ne pas pleurer.

Hélas ! plus tard, je devais retrouver les larmes refoulées en cette minute.

La décision prise, en homme d'action, Mayrol ne perd pas une minute pour monter l'aventureuse tentative.

Je le conduis auprès de M. Luissant et du Général Hochtheim.

Quand ceux-ci connurent le plan dans son ensemble et le rôle dévolu au petit Tourte, ils l'acceptèrent sans une objection, sans une phrase de tendresse apitoyée. Simplement, ils donnèrent l'accolade au petit. Pour eux, cet enfant est un *homme* qui court au sacrifice.

Mayrol arrête les détails d'exécution de concert avec Hochtheim.

Il pense d'abord opérer son vol au crépuscule. Puis, il se décide à partir en pleine nuit. A minuit, la lune sera assez basse sur l'horizon pour empêcher de distinguer l'alérion, tout en permettant de discerner la silhouette du couvent d'une manière très suffisante.

D'ailleurs, quatre puissants projecteurs vont concentrer leurs faisceaux de clarté sur le clocher trapu de la chapelle.

Ce sera le phare qui guidera Mayrol dès son envolée.

Le choix du point de lancement de l'appareil est assez vite réglé : les renseignements concordent pour désigner un terreplein fait tout exprès. C'est une plateforme située sur les crêtes qui s'élèvent de Pierrefitte à Cauterets ; elle surplombe de 700 mètres la vallée d'Argelès et domine la plaine de mille mètres environ.

De là, partaient des wagonnets glissants sur fils aériens qui servaient à l'exploitation d'une mine abandonnée aujourd'hui.

Ce *départ* se trouve à 20 kilomètres à vol d'oiseau de l'Ossat ; en moins d'une demi-heure de vol plané, le pilote pense arriver au-dessus de l'aiguille.

Enfin, un des grands avantages du point choisi est qu'il se trouve à proximité immédiate de la ligne du chemin de fer électrique de Cauterets. Le transport de l'alérion s'effectuera donc avec facilité.

Une reconnaissance rapide permit à Mayrol de se rendre compte par lui-même des excellentes conditions offertes par le terre-plein de la mine.

Egalement, le Général Hochtheim lui prépara un terrain d'atterrissage qui serait illuminé à partir de minuit.

Les dispositions matérielles dûment arrêtées, le pilote tint à utiliser les heures de jour dont il disposait pour procéder à un essai.

On choisit un monticule masqué des vues de l'Ossat par un bois de pins.

Le petit Tourte prit place sur la sellette placée derrière le siège du pilote. Une corde de 15 mètres fut fixée solidement au bâti de l'appareil.

Lancé par les « sandow » l'alérion s'éleva sans difficulté. Légèrement, facilement, il évolua au-dessus de la plaine, servi par la forte brise.

Mayrol proposa à l'enfant de prendre pied dans la cour d'une ferme, sur un tas de paille susceptible d'amortir le choc en cas de chûte.

Et, à plusieurs reprises, l'exercice s'effectua, périlleux en lui-même, mais d'une exécution si aisée que le spectacle ranima nos espoirs :

Au signal convenu, lancé par Mayrol, un coup de sifflet à grelot, Etienne se laissa glisser le long du câble au moment exact où l'appareil passait au-dessus du tas de paille.

— Mais c'est rien, moins que rien ! fit le petit lorsque nous le félicitions de son agilité. Autant descendre d'un autobus en marche.

Après ces essais encourageants, nous regagnons l'auberge pour dîner.

Triste repas qui me rappelle ceux que nous avons connus au front, à la veille des attaques, lorsque nous, les chefs, nous étions étreints par la responsabilité terrible : risquer sa vie est peu de chose, avec l'accoutumance ; mais conduire, pousser *les autres* à la mort !

Le cas actuel n'est-il pas en tous points semblable ?

Par tempérament, Mayrol est un silencieux ; moi, je suis trop ému pour parler ; aussi bien, dès que je tente une phrase, un grelottement intérieur frémit en moi et m'empêche de continuer.

Heureusement Etienne a du sang-froid à ma place : le nez dans son assiette, il mange de bon appétit, il se régale d'une crème confectionnée par notre hôtesse.

Oh ! ces heures d'attente qui nous séparent de la suprême tentative : elles me semblent d'autant plus cruelles que, maintenant, je suis seul.

Luissant a dû regagner Paris, rappelé au conseil des ministres, le préfet est à son poste à Tarbes ; le général de Lozières surveille l'installation de la voie ferrée. Les trois savants se sont rendus à l'observatoire du Pic du Midi pour étudier la marche du refroidissement atmosphérique.

J'ai exigé de Tourte qu'il se reposât quelques heures avant le grand départ.

Mayrol est retourné à son hangar pour vérifier encore une fois le bâti et la voilure de son alérion ; de plus, il a donné l'ordre de peindre les ailes en noir, afin de rendre l'appareil invisible la nuit.

Je suis donc, je le répète, seul, horriblement seul devant la lampe fumeuse. Ah ! l'affreuse veillée.

En foule, mes appréhensions me reviennent. Puis, la nuit se fait dans mon esprit, je retombe dans ma léthargie intellectuelle.

— Eh ! bien, monsieur Lefort, vous dormez tout éveillé ?

Guy Mayrol est devant moi qui me secoue l'épaule.

C'est vrai, *je le voyais sans le voir !*

— Il est l'heure ! dit-il simplement.

Je tressaille. Au matin de son exécution, un condamné à mort doit éprouver ce que j'éprouve en ce moment. Et pourtant, ce n'est pas moi le premier en cause !

Je gagne la chambre voisine où sommeille l'enfant. Avant de l'éveiller, une douleur aiguë me traverse. Enfin, il le faut ! Il existe sans doute au dehors des volontés immatérielles qui rôdent autour de nous pour courber, le cas échéant, notre volonté intime.

Je dois traverser une de ces phases psychiques, car en secouant doucement le petit dormeur, j'agis à peu près comme *un sujet* obéissant à un hypnotiseur. Le gamin saute en bas de sa couche, tel un soldat qui entend sonner l'alarme.

Je lui fais revêtir une fourrure que j'ai envoyé chercher à Tarbes, car dehors le froid est très vif : le thermomètre marque 7 degrés au-dessous. Quelle chûte en trois jours !

Nous prenons place dans l'automobile fermée qui va nous conduire à Pierrefitte : 30 minutes de trajet. Là, le train électrique nous attend : un truck porte le planeur.

Le train gravit rapidement la pente.

Nous voici au point de lancement de l'alérion.

La lune va disparaître vers une heure. Mayrol prendra son départ à minuit vingt. Tout est paré. Les sandows sont tendus par les aides.

En hâte, je renouvelle à Etienne mes recommandations. Une fois encore, je serre le cher petit contre mon cœur. Mayrol l'installe sur sa sellette, puis saisit les directions.

L'appareil tressaille, soulevé par le vent mais retenu par des soldats du génie. Chez moi, le cœur a cessé de battre.

— Hop !...

C'est le « lâchez-tout » convenu. Les caoutchoucs se décontractent. L'oiseau noir bondit à travers le vide, disparaît dans la nuit.

Le sort en est jeté !

CHAPITRE XXIII

LA VIE PLUS FORTE QUE LA MORT !

En hâte, j'ai fait le chemin inverse, vers Pierrefitte ; l'auto me ramène devant l'Ossat.

Suivi par les sapeurs, je remonte la contrepente boisée qui nous masque l'aiguille.

Me voici sur la crête. Alors, je m'arrête net, les soldats qui m'accompagnent font comme moi. La vision qui s'offre à nos regards a brisé notre élan.

Eclairé par la lumière blafarde des projecteurs électriques, le sommet de granit se découpe sur le ciel, immense tour noire au couronnement bizarre formé par le roc qui avance en pointe et par la silhouette des toits, des clochetons et des tourelles du couvent des franciscains.

On dirait un animal fabuleux accroupi sur la tour, licorne, dragon, chimère, à la griffe tranchante, à l'échine barbelée.

En bas, tout autour, des lueurs glauques, inquiétantes se montrent à fleur du sol, comme pour défendre l'approche de ce lieu d'épouvante et de mystère : ce sont les eaux gelées des bas-fonds dont la surface s'irrise sous la caresse des rayons lunaires.

L'apparition est tellement fantastique, qu'on a peine à la placer dans un monde réel. C'est un décor de nuit du Valpurgis, et l'on cherche dans l'air des ombres fantômatiques, des larves informes.

J'enfonce mes ongles dans les paumes de mes mains pour me soustraire à l'emprise de ces hallucinations.

Mais voici que la lune disparaît derrière les coteaux d'Occident, plongeant dans le noir la plaine et la base de la borne géante.

Je darde mes yeux sur les ténèbres : elles montent de proche en proche au long du granit comme une **mer** d'encre. Je tends l'oreille. Discernerai-je le coup de sifflet strident, qui doit marquer l'instant décisif ?

Ou bien vais-je entendre le fracas de la machine volante, venant se briser sur la paroi rocheuse ?

Mes nerfs se tendent à se briser à mesure que les secondes se succèdent, à mesure que la marée d'ombre se rapproche du sommet.

Un temps s'écoule qui doit être très court, qui me paraît un siècle. Et à travers la nuit passe un son léger, lointain, qui chevrotte comme l'appel d'un grillon dans l'âtre.

Point de doute, c'est le signal lancé par Mayrol.

Derrière moi, une lueur très vive incendie le rideau d'arbres qui masque le terrain où l'aviateur doit atterrir. Je devine, ce sont les phares à acétylène : ils s'allument à l'heure dite pour éclairer le champ d'atterrissage.

Les projecteurs se sont éteints brusquement. Mayrol a peut-être atterri déjà. Néanmoins, je marche cent mètres, je m'arrête à la limite des premières fondrières. De toutes mes forces, je me reprends à écouter le silence.

Cette fois, vers le pied du morne, j'entends un bruit distinct. Il revient à intervalle régulier ; on dirait le son cristallin du verre qui se brise en tombant. Qu'est-ce donc ?

Je n'ai pas le temps de forger des hypothèses. De là-haut, un cri arrive jusqu'à moi.

Dans l'écho assourdi, je retrouve le timbre grêle, enfantin d'une voix qui n'a pas encore mué, et aussi l'accent déchirant d'angoisse d'un être implorant un secours.

Horreur ! seul, le petit Etienne a pu pousser ce cri !

Je pense défaillir. Mes oreilles bourdonnent, le sang bat sous mes tempes dans un rythme saccadé... Je crois bien qu'en ce moment, j'ai été tout prêt de m'écrouler sous le coup de massue d'une congestion cérébrale !

— Monsieur Lefort ?... Vous êtes par ici ?

C'est peut-être cette intervention de Mayrol qui me sauva en provoquant une réaction instinctive de mes réflexes.

Seulement au troisième appel, alors que le jeune homme me touchait presque, je pus articuler.

— Là... je suis là !

Je me cramponnai à lui pour ne pas tomber.

— Hé ! Hé ! monsieur Lefort, vous vous êtes laissé saisir par le froid...

A travers la lumière d'une lanterne, je distingue vaguement d'autres ombres qui s'agitent autour de moi. Je sens qu'on introduit une gourde entre mes lèvres.

— Buvez !

J'obéis. Une sensation de bien-être m'envahit. Maintenant, j'ai repris mon aplomb. Je suis à même d'entendre le pilote qui déclare de sa voix tranquille :

— J'ai réussi ! Le petit Etienne a pris pied là-haut. Avant que je prolonge mon envolée au-dessus des toits, le brave enfant m'a crié : « Ça colle ! »... Seulement, il était temps que je revienne à terre. J'étais saisi par le froid. Et puis j'ai ressenti une impression bizarre : *l'air ne porte pas.* En arrivant au sol, j'ai cassé du bois... Hein ! qu'est-ce cela ?

A un intervalle d'une seconde, deux détonations sèches viennent d'éclater sur le sommet de l'Ossat, deux détonations d'arme à feu.

Je saisis les mains de Mayrol et d'une voix haletante :

— Mon ami, un drame affreux se joue là-haut... Je suis criminel, oui, criminel d'avoir laissé partir cet enfant...

« Que faire, mon Dieu, que faire ?

Je donne les signes du plus violent désespoir, je marche, je trépigne, je pleure d'impuissance et de honte !

En vain, le pilote cherche à me calmer.

Je dois pourtant céder à l'évidence des raisons qu'il m'énumère : avant le jour, il n'y a rien à tenter !

Comment s'écoulèrent les heures qui nous séparent de l'aube ?

Je n'en sais rien. Ici se place dans mes souvenirs un temps mort.

Seulement aux lueurs du premier matin, je suis revenu à l'état de veille, mais à peu près dans la forme où l'on sort d'un évanouissement.

Je ne ressens plus rien, ni gêne physique, ni inquiétude morale. Mes mains nues ne souffrent pas du froid aigu qui poudre la terre d'une gelée blanche ; mes yeux retrouvent avec indifférence le stèle sinistre de l'Ossat.

Mes nerfs sont décidément engourdis.

Peut-être la fatalité voulut-elle m'être pitoyable en permettant cette aneshésie de mon être sensitif, avant de me pousser vers l'effroyable calvaire qui me restait encore à gravir.

Machinalement, je suis les officiers et les soldats qui s'empressent vers le pied du roc.

Eux aussi sont impatients de percer le mystère des bruits successifs qui troublèrent le silence de cette nuit d'angoisse. La chute du verre brisé, le cri de suprême appel, les coups de feu, ils ont entendu tout cela au cours de leur garde ; et aussi un autre bruit, plus sourd, plus mat, qui s'éleva du sol, vers l'aplomb de la pointe granitique, un peu avant le lever du jour. Ce bruit-là, je ne l'ai pas perçu.

Avec agilité, ces braves gens courent parmi les fondrières et les crevasses du terrain défoncé. Ils ne songent même pas que de leur repaire, les fous peuvent les saluer à coup de fusil.

De mon mieux, je marche dans les traces du groupe alerté. Et tout à coup, je vois les soldats s'arrêter, se pencher vers la terre, reculer, puis former un cercle immobile.

A mon tour je m'approche.

Sur le sol durci, un cadavre d'homme, un corps replié en deux, les membres disloqués, le crâne ouvert.

Du sang, des débris de viscères, de la matière cérébrale ont giclé à l'entour.

Sur les exhortations d'un lieutenant, les soldats surmontent leur horreur, soulèvent cette misérable dépouille humaine.

Ils découvrent le visage demeuré à peu près intact. Je jette mes mains devant mes yeux : je viens de reconnaître Roger Livry !

C'en est trop.

Je m'éloigne de quelques pas pour fuir plus sûrement l'abominable vision. Je con-

tourne l'assise de granit.

Là, d'autres soldats considèrent curieusement des débris de verre noir qui jonchent le sol, et aussi des plaques gélatineuses répandues çà et là par éclaboussures. La vue de ces choses force mon cerveau endolori à penser de nouveau.

Cette pâte aux teintes opalines, mais c'est la terrible mixtion de radium et d'acide Oméga !

En foule, les points d'interrogation assaillent mon esprit. Mais décidément, je suis vidé, anéanti. Le pouvoir de raisonnement, le sens d'observation m'ont abandonné.

A moi tout seul, je demeure hors d'état de démêler le tragique écheveau des événements.

Il faut qu'on vienne à mon secours !

Ce secours, *le mort* lui-même va me l'apporter.

Devant mes yeux égarés, se dessine la silhouette du lieutenant qui tout à l'heure suppléa à mon courage en déroute en s'occupant de recueillir la dépouille mortelle de Roger.

— Monsieur, me dit l'officier, sur le cadavre on a trouvé cette lettre... Je crois qu'elle vous est adressée.

Je pris l'enveloppe qu'il me tendit.

En effet, la suscription, où je reconnus l'écriture de mon ami d'enfance, était à mon nom.

Je balbutiai un remerciement.

Puis, assis sur une grosse pierre, au pied de la montagne sinistre, je pris connaissance du dernier écrit du malheureux.

Tel quel, je recopie ce document, où dans un éclair de lucidité, le fou retrace l'ultime acte du drame, en criant à l'univers sa souffrance, en implorant son pardon !

« Mon cher Paul,

« Pitié pour moi ! J'ai tant souffert !
« Par cette souffrance de ma dernière
« année de vie plus que par ma fin volon-
« taire, j'ai commencé l'expiation de mes
« crimes.
« Depuis un an j'ai vécu dans un brouil-
« lard de mort et de désolation, à peine
« éclairé durant les quelques jours que tu
« sais. J'ai vu tant de choses que tu ne
« pouvais voir... fou, j'étais fou !

« Ce rêve de régénération du monde par
« la destruction de la Vie actuelle, je l'ai
« fait de bonne foi, je te le jure. Jamais, à
« aucun moment, je n'ai cru céder à une
« rage égoïste née d'un désespoir d'amour.
« Jamais, avant cette nuit, je n'ai aperçu
« l'énormité des forfaits dont je fus la
« cause inconsciente.

« Pour dessiller mes yeux aveuglés, il a
« fallu un dernier sacrifice, celui d'un
« innocent, ce pauvre petit Etienne...

« Au moment où tu liras ces lignes, tous
« ceux qui se trouvaient sur le Mont d'Os-
« sat seront morts : il faut donc que je
« te raconte.

« D'abord Barnett s'est tué l'autre nuit.
« Le misérable eut une fin affreuse. De-
« puis notre arrivée dans ce couvent, il ne
« cessait de boire et de s'enivrer. Dans un
« accès de delirium tremens, il lui prit
« une épouvante du froid mortel qui mon-
« tait, il voulut s'y soustraire. Arrosant ses
« vêtements de gin, il y mit le feu. Quel-
« ques minutes, il courut, torche vivante,
« en poussant des hurlements de damné.
« Dans une cour intérieure du couvent,
« l'on trouvera un tas d'os calcinés et de
« cendres noircies. C'est ce qui reste de
« Barnett.

« Je demeurai seul avec Jobert. A me-
« sure que je le connaissais mieux, cet
« homme me faisait horreur. Un fou san-
« guinaire qui s'exaltait au souvenir de
« ses crimes !

« Ces derniers jours, j'ai dû user d'auto-
« rité pour l'empêcher d'abattre à coups
« de fusil les soldats qui apparaissaient
« dans la plaine ; hier, il manifesta une
« joie sauvage lorsque le dirigeable se
« brisa sur le sol.

« Ce soir, il prétendit entendre des
« bruits suspects du côté de nos bacs
« d'acide. Car mes réfrigérateurs étaient
« installés hors du couvent, dans une an-
« cienne citerne voûtée ne prenant le jour
« sur le dehors que par de longs et étroits
« soupiraux : ils se trouvaient ainsi à l'abri
« des obus les plus puissants.

« Hélas, je jugeais matériellement im-
« possible qu'on pût par un moyen quel-
« conque atteindre notre nid d'aigle. Pour-
« tant, le petit Etienne était là.

« Guidé par le rayonnement du radium,
« l'enfant avait découvert l'escalier de
« pierre accédant à la citerne. Il eut l'idée

« de prendre un par un les soixante bacs
« d'acide — ils ne pesaient guère que 15 ki-
« los chaque — et de les précipiter en bas
« du roc. Il eût réussi sans Jobert !

« Surpris par le misérable, Etienne tenta
« de se défendre mais l'autre, lâchement,
« lui plongea un poignard dans le cœur.

« Attiré par le cri de l'enfant martyr,
« j'accourus. Je reconnus Etienne, mon
« élève, presque mon fils, baignant dans
« une mare de sang, et devant lui, Jobert,
« le poignard rouge, ricanant avec féro-
« cité, proférant des menaces et des inju-
« res.

« Alors, un voile se déchira dans ma
« pauvre tête, je découvris l'abominable
« vérité. Je me fis horreur !

« Sans mot dire, de deux balles de mon
« revolver, j'abattis le monstre. Après cette
« exécution, à mon tour, je me décidai à
« mourir ; il me fallait profiter de cette
« heure de lucidité passagère pour garan-
« tir le Monde contre l'inévitable retour
« de mon horrible folie. Auparavant, j'ai
« tenu à t'écrire cette lettre, certain que
« tu te trouvais aux environs de l'Ossat.

« Que dirai-je de plus ?

« Avant de disparaître, je veux deman-
« der pardon à mes victimes, à tous ceux
« auxquels j'ai nui.

« D'abord à toi, mon ami très cher, mon
« frère, pour les tortures morales que je
« t'impose depuis plus d'une année. Au
« Capitaine Berjac, que j'ai tué indirecte-
« ment. A ceux de Bouffarik et de Mes-
« sine !

« Aux infortunés qui montaient le diri-
« geable perdu hier ; aux victimes de l'ex-
« plosion de cette nuit.

« Et, par dessus tout, au pauvre petit
« Etienne ! Le sang de cet enfant était-il
« donc nécessaire pour racheter l'attentat
« suprême médité contre les hommes ?

« Enfin, à l'âme si pure et si douce d'Hé-
« lène Tiérard-Leroy.

« Un cruel châtiment peut m'attendre
« dans l'au-delà, la réprobation de celle en
« mémoire de qui j'ai perpétré le plus
« effroyable des desseins. Ce serait jus-
« tice !

« A toi, Paul Lefort, je lègue tous mes
« biens, je sais que tu en feras un noble
« usage. Qu'ils servent, dans la mesure du
« possible, à réparer les dommages que
« j'ai causé à autrui.

« Avant de me précipiter dans le vide,
« j'arrêterai l'effet des effluves mortelles,
« je neutraliserai les bacs d'acide qui res-
« tent encore. Tu trouveras ci-inclus une
« formule : elle permettra de séparer le
« radium de l'acide Oméga.

« Quant à la formule elle-même de l'aci-
« de, j'en emporte le secret avec moi. Il
« ne faut pas qu'un fou ou un misérable

« puisse jamais reprendre le rêve destruc-
« teur.

« Que le Monde vive en paix !

« L'Homme de l'Apocalypse est mort,
« tué par la Vie Eternelle ! »

....

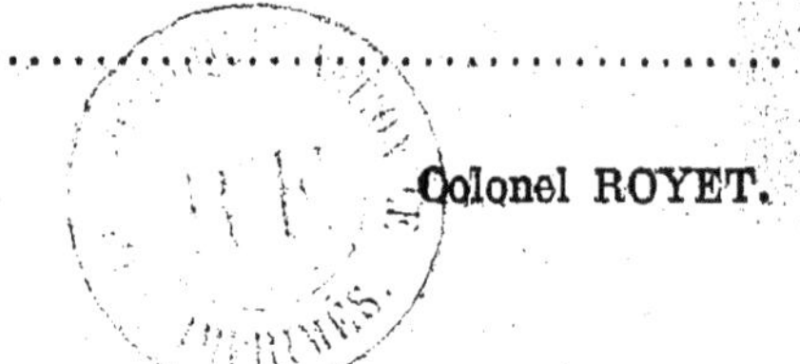

—Colonel ROYET.

FIN

POUR PARAITRE LE 1ᵉʳ JUILLET 1928 :

LES VOYAGES MOUVEMENTÉS

DE NEWTON FORSTER

Roman d'aventures inédit

par

PAUL SORÈZE

ILLUSTRATIONS EN COULEURS